LA MUERTE DE BELLE

Claro que prefieren que no vea ciertas cosas.
Pero lo que no quieren sobre todo es que les
cuente otras.

—¿Lo dirás todo?
    —¿Y tú?
    —Lo intentaré. Si no lo consigo, no me lo
perdonaré en la vida.

Peuples qui ont faim, 1934

GEORGES SIMENON

LA MUERTE DE BELLE

TRADUCCIÓN DEL FRANCÉS
DE NÚRIA PETIT

ANAGRAMA & ACANTILADO
BARCELONA 2022

TÍTULO ORIGINAL *La mort de Belle*

Publicado por

ANAGRAMA & ACANTILADO

Pau Claris, 172   Muntaner, 462
08037 Barcelona   08006 Barcelona
Tel. 932 037 652   Tel. 934 144 906
anagrama@anagrama-ed.es   correo@acantilado.es
www.anagrama-ed.es   www.acantilado.es

LA MORT DE BELLE © 1952 by Georges Simenon Limited,
todos los derechos reservados
«La muerte de Belle» © 2022, todos los derechos reservados
Traducción de la novela © 2022 by Editorial Anagrama, S.A.
& Quaderns Crema, S.A., todos los derechos reservados
GEORGES SIMENON ® ◐Simenon·tm, todos los derechos reservados
© de la traducción, 2022 by Núria Petit Fontserè
© de la ilustración de la cubierta, 2022 by Maria Picassó
© de esta edición, 2022 by Editorial Anagrama, S.A.
& Quaderns Crema, S.A.

Derechos exclusivos de edición en lengua castellana:
Editorial Anagrama, S.A. & Quaderns Crema, S.A.

ISBN: 978-84-339-0216-0
DEPÓSITO LEGAL: B. 8093-2022

DURÓ *Gráfica*
QUADERNS CREMA *Composición*
LIBERDÚPLEX *Impresión y encuadernación*

PRIMERA EDICIÓN *junio de 2022*

A mi amigo Sven Nielsen, con todo mi afecto.

PRIMERA PARTE

I

Hay ocasiones en que, en la intimidad de su casa, un hombre va y viene, hace los gestos habituales, los gestos de todos los días, con expresión despreocupada, pero de pronto levanta la vista y se da cuenta de que las cortinas no están corridas, de que hay personas fuera observándolo. Eso fue en cierto modo lo que le pasó a Spencer Ashby. No exactamente, pues en realidad aquella noche nadie le prestó atención. Disfrutó de la soledad que tanto le gustaba, una soledad espesa, sin ningún ruido exterior; incluso la nieve que había empezado a caer con grandes copos materializaba de alguna manera el silencio.

¿Acaso podía prever, acaso alguien en el mundo podía prever, que más tarde aquella noche sería estudiada con lupa, que casi literalmente se la harían revivir bajo la lupa como un insecto?

¿En qué había consistido la cena? Ni sopa, ni huevos, tampoco hamburguesas, sino uno de esos platos que Christine preparaba con sobras y cuya receta, para complacerla, le pedían sus amigas. Esta vez se podían reconocer diferentes tipos de carne, incluido el jamón, así como algunos guisantes debajo de una capa de macarrones gratinados.

—¿Estás seguro de que no quieres acompañarme a casa de los Mitchell?

Hacía mucho calor en el comedor. Les gustaba calentar mucho la casa. Recordaba que su mujer, durante la cena, tenía las mejillas encendidas. Le ocurría con frecuencia. Por otra parte, no le sentaba mal. Aunque apenas pasaba de los cuarenta, le había oído hablar de la menopausia con una de sus amigas.

¿Por qué recordaba ese detalle del rubor en las mejillas, mientras que el resto de la cena quedaba bañado de una luz almibarada de la que no emergía nada? Belle estaba allí, sin duda alguna. Sabía que estaba, pero no recordaba de qué color era su vestido, ni de qué habían hablado, si es que la chica había hablado. Como él había permanecido callado, lo más probable es que las dos mujeres hubieran hablado entre ellas; de todas formas, cuando sirvieron las manzanas, alguien pronunció la palabra *cine* y Belle desapareció de inmediato.

¿Había ido al cine andando? Posiblemente. Estaba a menos de ochocientos metros de distancia.

A él siempre le había gustado andar por la nieve, sobre todo por la primera nieve del año, y daba gusto pensar que desde ahora y durante meses las botas de goma estarían alineadas a la derecha de la puerta de entrada, debajo del porche, junto a la pala para quitar la nieve.

Había oído a Christine meter los platos y los cubiertos en el lavaplatos. Era el momento que él aprovechaba para llenar la pipa, de pie delante de la chimenea. A causa de la nieve y pese a la calefacción central, Christine había encendido dos troncos, no para él, que no se quedaba en el living, sino porque habían venido unas amigas a tomar el té.

—Si no he vuelto antes de que te acuestes, cierra la puerta. Tengo llave.

—¿Y Belle?

—Ha ido a la primera sesión y estará de vuelta a las nueve y media como muy tarde.

Todo esto era tan familiar que por así decir perdía toda consistencia. La voz de Christine venía del dormitorio, y cuando él llegó a la puerta la vio sentada en el borde de la cama, enfundándose las medias de punto rojo que acababa de recuperar y que aún olían un poco a naftalina, pues sólo se las ponía en invierno para salir. ¿Por qué volvía la cabeza, como si lo incomodase verla con el vestido remangado? ¿Y por qué ella, por su parte, hizo un movimiento como para bajárselo?

Christine se había marchado. Él había oído cómo se alejaba el coche. Vivían a dos pasos del pueblo, casi dentro de éste, pero para ir a cualquier sitio se necesitaba el coche.

Antes que nada, él se había quitado la americana y la corbata, y se había desabrochado el cuello de la camisa. Luego se había sentado en el borde de la cama, justo en el lugar donde había estado sentada su mujer y que aún estaba tibio, para ponerse las zapatillas.

¿No es curioso que resulte difícil recordar esos gestos? Hasta el punto de verse obligado a decirse: «Vamos a ver. Yo estaba en tal sitio, ¿y qué hice después? ¿Qué hago todos los días en ese momento concreto?».

Habría podido olvidar que había ido a la cocina y había abierto la nevera para coger su botella de soda. Y también que, al cruzar el living con la botella en la mano, se había inclinado para coger primero el *New York Times*, que estaba encima de una mesita, y después su cartera en la repisa del perchero. Siempre entraba así en su cubil, con las manos ocupadas, y cada vez se le planteaba el problema de abrir y cerrar la puerta sin que se le cayera nada.

Sabe Dios qué habría sido esa habitación antes de que modernizaran la casa. ¿Un lavadero? ¿Un trastero? ¿Un cuarto para guardar las herramientas? Lo que le gustaba, precisamente, era que no se parecía a una habitación normal: primero porque, debajo de la escalera, el techo era inclinado; después, porque se accedía a ella bajando tres peldaños y el suelo era de baldosas de piedra irregulares; y finalmente, porque la única ventana estaba tan alta que se abría con un cordel y una polea.

Lo había hecho todo con sus propias manos: la pintura, las estanterías de la pared, el sistema complicado de iluminación, y en un mercadillo había encontrado la estera que cubría las baldosas al pie de los escalones.

Christine jugaba al bridge en casa de los Mitchell. ¿Por qué, al evocarla, a veces pensaba: «mamá», cuando tenía dos años más que él? ¿Por algunos amigos que tenían hijos y que, delante de los niños, llamaban a veces mamá a sus mujeres? Sin embargo, cuando al hablarle le venía esa palabra a los labios, se sentía incómodo y experimentaba cierta sensación de culpabilidad.

Cuando no jugaba al bridge, Christine hablaba de política, o mejor dicho de las necesidades y la mejora de la comunidad.

En el fondo, también él se ocupaba de la comunidad cuando, solo en su cubil, corregía los deberes de historia de sus alumnos. Es verdad que la Crestview School no era una escuela local. Más bien todo lo contrario, pues la institución recibía sobre todo a alumnos de Nueva York, de Chicago, del sur y hasta de San Francisco. Una buena escuela preparatoria para la Universidad. No una de esas tres o cuatro que los esnobs citan continuamente, pero una escuela seria.

¿Acaso estaba tan equivocada Christine, con su sentido de la comunidad? Equivocada, sin duda, al hablar tanto de ella, de una forma categórica, imponiendo a todo el mundo el deber de tenerla siempre presente. Tenía muy claro que los dos mil y pico habitantes de la localidad constituían un todo; los unos estaban unidos a los otros, no por un vago sentimiento de solidaridad o de deber, sino por lazos tan estrechos y complicados como los que cimientan las grandes familias.

¿No formaba parte de la comunidad también él? No era de Connecticut, sino de más arriba, de Vermont, en Nueva Inglaterra, y no llegó aquí hasta los veinticuatro años para ocupar su puesto de profesor.

Desde entonces, se había hecho un sitio. Si hubiera acompañado a su mujer esa noche, todos le habrían tendido la mano exclamando:

—*Hello Spencer!*

Lo querían. Él también los quería. Le gustaba corregir los deberes de historia; más que los de ciencias naturales. Antes de ponerse a trabajar, había sacado del armario la botella de whisky y un vaso, y el abrebotellas del cajón. Todos esos pequeños gestos los había realizado sin darse cuenta, sin saber qué podía estar pensando al hacerlos. ¿Qué expresión habría tenido en una fotografía que hubiesen tomado de improviso esa noche?

¡Pues lo que harían sería mucho peor!

Nunca bebía su whisky ni más fuerte ni menos, y un vaso le duraba aproximadamente media hora.

Uno de los deberes era de Bob Mitchell, en casa de cuyos padres Christine estaba jugando al bridge. El padre, Dan, era arquitecto y tenía intención de solicitar un puesto del Estado, lo cual lo obligaba a recibir a personalidades.

Por el momento, Bob Mitchell sólo merecía un seis en historia, y Spencer escribió la cifra con lápiz rojo.

De tarde en tarde, oía el motor de un camión al que le costaba subir la cuesta, a trescientos metros de distancia. Era prácticamente el único ruido. En el cubil no había reloj. Spencer no tenía ninguna razón para mirar la hora en su reloj de bolsillo. No debió de tardar mucho más de cuarenta minutos en corregir los deberes, y guardó los cuadernos en la cartera; luego la dejó en el living, siguiendo una vieja costumbre de preparar por la noche las cosas para el día siguiente; hasta el punto de que, cuando tenía que salir muy temprano, se afeitaba antes de acostarse.

No había postigos en las ventanas, solamente unos estores venecianos, y éstos estaban levantados. A menudo no los bajaban hasta el momento de irse a dormir, o incluso los dejaban abiertos por la noche.

Durante un momento miró caer la nieve, vio luz en casa de los Katz y atisbó a la señora Katz sentada al piano. Llevaba un vestido vaporoso de estar por casa y tocaba animadamente, pero él no oía nada.

Tiró de la cuerda para bajar el estor. Este gesto no le era familiar. Normalmente, formaba parte de las atribuciones de Christine. Sobre todo al entrar en el dormitorio, lo primero que hacía era dirigirse a la ventana y agarrar la cuerda; después de lo cual, se oía el ruido que hacían los listones al caer.

Fue al dormitorio, justamente, para cambiarse de pantalón y de camisa; el pantalón de franela gris que sacó del armario estaba cubierto de una fina capa de serrín.

¿Volvió a la cocina? Desde luego no para coger agua con gas, pues la botella le duraba toda la noche. Recordaba vagamente haber tocado los troncos del living y haber ido al baño.

Para él, lo importante era la hora que había pasado después en su torno, trabajando en un pie de lámpara complicado. Su cubil era más un taller que un despacho. Spencer ya había superado otras dificultades y había torneado otros objetos de madera que no eran pies de lámpara. Christine había regalado la mayor parte de esos objetos a sus amigas. También los utilizaba cada vez que había una tómbola o un bazar caritativo. Últimamente, se había aficionado a los pies de lámpara, y éste, si le salía bien, serviría como regalo de Navidad para su mujer. Fue Christine quien le regaló el torno cuatro años atrás, para Navidad precisamente. Se llevaban bien ellos dos.

Había mezclado su segundo whisky. Absorto en su trabajo, fumaba con caladas tan pequeñas que parecía que la pipa estuviera apagada, y de vez en cuando se veía obligado a avivarla con varias caladas muy seguidas más fuertes.

Le gustaba el olor de la madera que el torno pulverizaba, y también el zumbido de la máquina.

Seguramente había cerrado la puerta del cubil. Siempre cerraba las puertas tras él, como arrebujándose en las habitaciones igual que otros se arrebujan bajo las mantas.

Una vez, al levantar la cabeza mientras el torno funcionaba, había visto a Belle, de pie en lo alto de los tres escalones; y al igual que la señora Katz tocaba el piano y no la oía, Belle movía los labios sin que el sonido llegase hasta él, absorbido por el ruido del torno.

Con la cabeza, le hizo señas para que esperase un momento. No podía soltar lo que estaba haciendo. Belle llevaba una boina oscura sobre sus cabellos color caoba. No se había quitado el abrigo. Todavía tenía puestas las botas de goma.

Le pareció que no estaba alegre, que tenía una expresión triste. Sólo duró un instante. Ella no se daba cuenta de que él no oía nada y ya se disponía a irse. Únicamente por el movimiento de los labios adivinó las últimas palabras que pronunció la muchacha: «Buenas noches».

Había cerrado la puerta sin ajustarla del todo—el pestillo iba bastante duro—y luego volvió sobre sus pasos para girar el pomo. Estuvo a punto de llamarla. Se preguntaba qué le había dicho además de «buenas noches». Observó que, en contra de las normas de la casa, no se había quitado las botas al atravesar el living, y se preguntó si iba a salir de nuevo. Era muy posible. Tenía dieciocho años. Era libre. Por las tardes, a veces la invitaba algún chico, a Torrington o a Hartford, y probablemente uno de ellos la había traído en coche al salir del cine.

De no haber estado en ese momento ocupado por la parte más delicada de su trabajo, quizá las cosas habrían transcurrido de otra forma. No creía especialmente en las intuiciones, pero unos minutos después, por ejemplo, había levantado la cabeza, con el torno parado, y había escuchado el silencio, preguntándose si no habría algún coche esperando a Belle y si tal vez lo oiría arrancar. Ya era demasiado tarde: si un coche había venido, seguro que ya estaba lejos.

¿Por qué habría debido preocuparse por ella? ¿Tal vez porque, en la luz del cubil, sorprendido al verla en lo alto de los escalones cuando no se lo esperaba, la había encontrado pálida y quizá triste?

Habría podido subir, asegurarse de que estaba en su habitación o, si tenía miedo de parecer curioso, comprobar si había luz debajo de la puerta.

En vez de esto, vació meticulosamente la pipa en un cenicero que había torneado hacía dos años, la volvió a cargar—también había torneado el bote de tabaco, incluso había sido su primer trabajo difícil—y, después de tomar un trago de whisky, regresó a lo que estaba haciendo.

No pensaba en Belle ni en nadie cuando sonó el timbre del teléfono. Algunos meses antes, en previsión de ocasiones como ésta, habían mandado poner una extensión en su cubil.

—¿Spencer?

—Soy yo.

Christine estaba al aparato, al fondo se oían voces. Él habría sido incapaz de decir, ni siquiera aproximadamente, qué hora era.

—¿Sigues trabajando?

—Todavía me quedan unos quince minutos.

—¿Todo bien en casa? ¿Belle ha vuelto?

—Sí.

—¿Estás seguro de que no quieres hacer un bridge? Uno de los coches podría ir a buscarte.

—Prefiero que no.

—En ese caso, no me esperes despierto. Volveré un poco tarde, mejor dicho muy tarde, porque Marion y Olivia acaban de llegar con sus maridos y estamos organizando un torneo.

Un corto silencio. Unos vasos entrechocándose a lo lejos. Conocía la casa, el living con inmensos canapés rojos en semicírculo, las mesas de bridge plegables y la cocina adonde los invitados iban por turnos a buscar hielo.

—¿Estás seguro de que no quieres venir? Todo el mundo estaría encantado.

Una voz, la de Dan Mitchell, gritó en el aparato:

—¡Anda, perezoso, ven!

Dan estaba comiendo algo.

—¿Qué contesto? ¿Has oído a Dan?

—Gracias, pero me quedo aquí.

—Buenas noches, entonces. Procuraré no despertarte al volver.

Volvió a poner en orden su mesa de trabajo. Nadie tocaba nada en su cubil, él mismo lo limpiaba una vez a la semana. En un rincón, había un sillón de cuero, muy viejo, muy bajo, de un modelo que ya no se veía en ningún sitio; se sentó en él, con las piernas extendidas, para echar una ojeada al *New York Times*.

Había un reloj eléctrico en la cocina, adonde fue a apagar las luces antes de acostarse, al tiempo que llevaba la botella de soda y el vaso vacío. No miró la hora, no se le ocurrió. En el pasillo tampoco echó una mirada a la puerta de

Belle. Se preocupaba poco de la chica, por no decir nada. No hacía mucho que vivía con ellos, era algo provisional; no formaba parte de la casa.

Como los estores venecianos del dormitorio estaban ligeramente separados, los cerró, también cerró la puerta, se desvistió, fue dejando la ropa en su sitio y, a una hora indeterminada, se acostó y extendió el brazo para apagar la última lámpara.

Durante todo ese tiempo, ¿había tenido el aspecto atareado de un insecto que lleva su existencia insignificante bajo la lupa de un naturalista? Es posible. Había vivido su vida cotidiana de hombre—uno de los miembros de la comunidad, como habría dicho Christine—, y eso no le había impedido pensar. Incluso pensó un poco antes de dormirse, consciente del lugar en el que se encontraba, de lo que lo rodeaba, de la casa, del fuego mortecino en la chimenea del living, de la nieve que quitaría al día siguiente del camino hasta el garaje, consciente también de la existencia de los Katz, por ejemplo, y de otras personas que vivían en otras casas cuyas luces habría podido ver, de los ciento ochenta alumnos de la Crestview School, que dormían en el gran edificio de ladrillos en la cima de la colina.

Si se hubiera tomado la molestia de girar el botón de la radio, como hacía normalmente su mujer mientras se desvestía, el mundo entero habría irrumpido en la habitación, con las músicas, las voces, las catástrofes y los boletines meteorológicos de todas partes.

No oyó nada, no vio nada. Durmió. Cuando sonó el despertador, a las siete, notó que Christine se movía a su lado y se levantaba antes que él, dirigiéndose a la cocina, donde puso a calentar el agua para el café.

No tenían criada, sólo una asistenta que venía dos días por semana.

Abrió el grifo para llenar la bañera. Apartó la cortina para ver el exterior, y aún no era de día. Sólo el cielo estaba más gris que por la noche, la nieve de un blanco más parecido a la tiza, y todos los colores, incluso los ladrillos rosas de la casa nueva de los Katz, parecían duros y crueles.

Ya no nevaba. Caían unas gotas del tejado como si la nieve empezara a derretirse, y si eso ocurría se formaría barro y suciedad, por no hablar del malhumor de los alumnos en la escuela, que ya habían preparado sus patines y sus esquís.

Siempre entraba en la cocina a las siete y media. El desayuno estaba servido en una mesita blanca que solamente usaban para esa comida, y Christine había tenido tiempo de arreglarse el pelo. ¿Era una impresión, o realmente sus cabellos por la mañana eran de un rubio más pálido y más mate?

Le gustaba el olor del bacon, del café y los huevos, también le gustaba secretamente el olor matinal de su mujer mezclado con todo ello. Para él formaba parte del ambiente del comienzo de la jornada, y habría reconocido ese olor entre mil.

—¿Ganaste?

—Seis dólares con cincuenta. Marion y su marido lo perdieron todo, como de costumbre. Más de treinta dólares entre los dos.

Había tres cubiertos puestos, pero era raro que Belle desayunara con ellos. No la despertaban. A menudo aparecía cuando ya estaban terminando, en bata y zapatillas; más a menudo aún, Spencer no la veía por la mañana.

—Como le dije a Marion, que lo considera extraordinario...

Aún fue más banal que la víspera, sin una palabra que recordar, sin nada destacable, una especie de runrún aderezado con unos cuantos nombres propios, nombres de pila lo bastante familiares como para que ya no resulten evocadores.

Por otra parte, eso ya no tenía importancia, pero él aún no lo sabía, nadie lo sabía. La vida del pueblo empezaba como todas las mañanas en los cuartos de baño, en las cocinas, en los umbrales donde los maridos se calzaban los chanclos de goma por encima de los zapatos y en los garajes donde se ponían los coches en marcha.

No olvidó la cartera. Jamás olvidaba nada. Fumaba la primera pipa cuando se sentó al volante del coche y vio el rosa de la bata de la pequeña señora Katz detrás de una ventana.

Alrededor de la suya, las casas estaban diseminadas en la ladera de la colina, rodeadas de céspedes ahora ocultos por la nieve. Algunas, como la de los Katz, eran nuevas, pero la mayor parte eran antiguas y hermosas casonas de madera de Nueva Inglaterra, dos o tres con un pórtico colonial y todas pintadas de blanco.

La estafeta, las tres tiendas de comestibles y el puñado de comercios que constituían Main Street se encontraban más abajo, junto con dos gasolineras, una en cada extremo, y el quitanieves ya había pasado, dibujando una amplia franja negra entre las aceras.

Ashby se detuvo para coger el periódico, y oyó a alguien que decía:

—Dentro de un rato volverá a nevar y probablemente tendremos cellisca antes de la noche.

Cuando entró en Correos, le dijeron exactamente las mismas palabras, que sin duda habían sido pronunciadas en la información meteorológica.

Una vez cruzado el río, empezó a trepar por la carretera zigzagueante que conducía a la escuela. Toda la colina, en parte cubierta de bosque, pertenecía a la institución, y arriba se erguían una decena de edificios, sin contar los bungalós de los profesores. Si Christine no hubiera tenido una casa, habrían vivido ellos también en uno de esos bungalós, y antes de casarse con ella, Ashby había vivido unos años en el más grande, el del tejado verde, destinado a los profesores solteros.

Aparcó el coche en un cobertizo donde ya había siete coches más y, mientras subía los peldaños de la escalinata, se abrió la puerta; la secretaria, la señorita Cole, corrió hacia él como queriendo cerrarle el paso.

—Su mujer acaba de telefonear. Dice que vuelva inmediatamente a su casa.

—¿Le ha ocurrido algo?

—A ella no. No lo sé. Sólo me ha pedido que le diga que no se ponga nervioso, pero que es importantísimo que vuelva enseguida.

Quiso pasar, con la intención de entrar en la secretaría y descolgar el teléfono.

—Su mujer ha insistido en que no pierda tiempo llamándola.

Frunció el ceño, intrigado, con cara triste, pero la verdad es que no estaba especialmente turbado. Incluso tenía ganas de no hacer caso de la orden de Christine y marcar el número de su casa. De no ser por la señorita Cole, que seguía cerrándole el paso, lo habría hecho.

—¡Está bien! En ese caso, dígale al director...

—Ya le he avisado.

—Espero estar de vuelta antes de que acabe la primera clase.

Estaba preocupado, ésa era la palabra exacta. Quizá sobre todo porque no era propio de Christine. Tenía sus defectos, como todo el mundo, pero no era una mujer que se pusiera nerviosa por una tontería, ni sobre todo que lo molestase en la escuela. Era una persona práctica, que habría llamado a los bomberos si hubiese habido fuego y al médico si se hubiese encontrado mal o se hubiese hecho una herida.

Al bajar por la carretera, se cruzó con Dan Mitchell que, antes de ir a la oficina, llevaba a su hijo a la escuela. Por un instante, se preguntó por qué parecía sorprenderse Dan. Sólo después se dio cuenta de que a la gente debía de parecerle raro verlo bajar la colina a esta hora en vez de subirla.

No había nada especial en Main Street, tampoco en los alrededores de su casa había animación, nada anormal en ninguna parte. Sólo al adentrarse por la avenida se dio cuenta de que, delante de la puerta de su propio garaje, estaba aparcado el coche del doctor Wilburn.

Solamente tenía que dar cinco zancadas en la nieve y, maquinalmente, se metió la pipa en el bolsillo. Ya en el umbral, extendió la mano hacia el pomo y, antes de alcanzarlo, la puerta se abrió sola; igual que en la escuela hacía un momento.

Lo que se encontró era totalmente diferente de lo que cabía prever, y sobre todo no se parecía en nada a lo que había vivido hasta entonces.

Wilburn, que también ejercía de médico de la escuela, era un hombre de sesenta y cinco años que impresionaba a algunas personas porque siempre parecía estar burlándose de ellas. Muchos creían que era malo. En todo caso, no hacía nada por ser agradable y ponía una sonrisita especial para anunciar las malas noticias.

Era él quien le había abierto la puerta a Spencer y quien estaba frente a él, sin decir palabra, con la cabeza inclinada hacia delante para mirarlo por encima de sus gafas, mientras Christine, en la parte más oscura de la habitación, también estaba mirando hacia la puerta.

¿Por qué, no siendo culpable de nada, tuvo sensación de

culpabilidad? A la luz que reinaba en aquel momento, con la nieve ya mate y el cielo cargado, era impresionante ver cómo el doctor, con su cara astuta, sostenía el pomo de la puerta como si introdujese a Ashby en su propia casa convertida en una especie de tribunal mal iluminado.

Reaccionó, al oír su voz:

—¿Qué pasa?

—Entre.

Les obedecía, penetraba en el living, se quitaba los chanclos, de pie sobre el felpudo, pero ellos seguían sin contestarle, no se dignaban dirigirle la palabra como a un ser humano.

—Christine, ¿quién está enfermo?—Y al ver que ella se volvía maquinalmente hacia el pasillo, preguntó—: ¿Belle?

Vio perfectamente cómo se miraban. Más tarde, habría podido traducir esas miradas en palabras. La de Christine le decía al doctor: «¿Lo ve? Parece de verdad que no sabe nada... ¿Usted qué opina?».

Y la mirada de Wilburn, a quien Spencer no había detestado nunca, parecía responder: «Evidentemente. Es posible que tenga usted razón... Todo es posible, ¿verdad? En el fondo, es asunto suyo...».

En voz alta, Christine decía:

—Una desgracia, Spencer. —Dio dos pasos en el corredor y se volvió—. ¿Estás seguro de que no saliste anoche?

—Segurísimo.

—¿Ni siquiera un momento?

—Estuve todo el tiempo en casa.

Otra mirada al doctor. Dos pasos más. Christine reflexionaba y se detenía de nuevo.

—¿No oíste nada en toda la noche?

—No. Estuve trabajando en el torno. ¿Por qué?

¿Qué significaba todo aquello? Casi le daba vergüenza.

23

Vergüenza sobre todo por dejarse impresionar y contestar como si fuera culpable.

Christine extendió la mano hacia la puerta.

—Belle ha muerto.

Aquello le revolvió el estómago, quizá a causa de todo lo anterior, y sintió vagamente ganas de vomitar. Era como si Wilburn estuviera allí, detrás de él, para espiar sus reacciones y cortarle la retirada si fuera necesario.

Había comprendido que no era una muerte natural, porque de lo contrario no habrían dado tantos rodeos. Pero ¿por qué no se atrevía a preguntarles directamente? ¿Por qué escenificaba un asombro progresivo?

¡Ni siquiera lograba que su voz adoptase un tono normal!

—¿De qué ha muerto?

Acababa de darse cuenta de que lo que ambos querían era que se asomase a la habitación. Eso debía de constituir para ellos una especie de prueba, y no habría sabido decir por qué no se decidía a hacerlo, y sobre todo no sabía de qué tenía miedo.

Fue la mirada de Christine, clavada en la suya, fría y lúcida como la de una extraña, lo que lo decidió, la que lo forzó a dar un paso adelante e inclinar la cabeza, mientras sentía el aliento de Wilburn en el cogote.

Aquel recuerdo formaba parte de los tres o cuatro recuerdos «vergonzosos» que, durante años, lo habían atormentado en el momento de dormirse. Debía de tener trece años y estaba con un chico de su misma edad en un granero de Vermont, un sábado de invierno, y la nieve era tan espesa que te sentías prisionero de la inmensidad.

Cada uno se había hecho un hueco en el heno que les daba calor, y miraban afuera, sin decir nada, el dibujo negro y complicado de las ramas de los árboles. ¡Tal vez habían alcanzado el límite de su capacidad de guardar silencio y permanecer inmóviles! El compañero se llamaba Bruce. Todavía hoy, Ashby prefería no recordarlo. Bruce se había sacado algo del bolsillo y se lo había tendido, diciendo con una voz que habría debido ponerlo sobre aviso:

—¿Lo conoces?

Era una fotografía obscena; todos los detalles contrastaban crudamente—tan crudamente como los árboles sobre la nieve—con la blancura enfermiza de las carnes.

Le entró un sofoco, se le hizo un nudo en la garganta, los ojos se le volvieron húmedos y calientes, todo eso ocurrió en un segundo. Su cuerpo entero fue presa de una angustia que no conocía, y no se atrevía a mirar ni los dos cuerpos desnudos de la foto ni a su amigo; tampoco se atrevía a apartar los ojos.

Durante mucho tiempo, pensó que aquél había sido el momento más penoso de su vida, sobre todo cuando al levantar la cabeza con esfuerzo había visto en la cara de Bruce una sonrisa fea, burlona y cómplice.

Bruce sabía lo que acababa de sentir. Lo había hecho adrede, lo había estado acechando. Aunque era un vecino y los padres de los chicos eran amigos, Ashby se había negado a seguir viéndolo fuera de la escuela.

Pues bien, más o menos esa misma sensación era la que tenía después de tantos años al asomarse a la habitación, el mismo calor súbito y lacerante en los miembros, el mismo picor en los ojos, el mismo nudo en la garganta, la misma vergüenza. Y esta vez también había alguien mirándolo con una expresión parecida a la de Bruce.

Sin ver al doctor Wilburn, Ashby estaba seguro de ello.

Habían levantado los estores venecianos y habían abierto las cortinas, lo cual no ocurría casi nunca, de modo que la habitación, hasta en sus recovecos, estaba llena de la luz dura de una mañana de nieve, sin penumbra y sin misterio. Por eso daba la impresión de que hacía más frío allí que en el resto de la casa.

El cuerpo estaba tendido en el centro de la habitación, atravesado encima de la alfombrilla verde, con los ojos y la boca abiertos, el vestido de lana azul remangado hasta la mitad del vientre, dejando al descubierto la faja y las ligas negras que todavía sujetaban las medias, mientras que las bragas, de un rosa pálido, yacían más lejos, hechas una pelota como un pañuelo.

No había avanzado, no se había movido, y le agradeció a Christine, tras un breve instante, que cerrase de nuevo la puerta con el mismo gesto que habría hecho para extender una sábana sobre el cadáver.

En cambio, detestó para siempre al doctor Wilburn, que con su sonrisa demostraba que había comprendido la naturaleza exacta de su turbación.

Fue Earl Wilburn el que habló.

—He llamado desde aquí al córoner, que estará al llegar.

Habían vuelto los tres al living, donde a causa de la poca luz de la mañana, habían dejado las lámparas encendidas, y solamente el doctor se sentó en un sillón.

—¿Qué le han hecho?

No era ésa la pregunta que tenía la intención de hacer. Habría querido decir: «¿De qué ha muerto?». O más exactamente: «¿Cómo la han matado?».

No había visto sangre, sólo la piel de una blancura desacostumbrada. No recuperaba la serenidad. Ahora estaba convencido de que su mujer y el doctor habían sospechado de él, y tal vez aún sospechaban. Una prueba de que no lo habían tratado con franqueza es que, al descubrir el cuerpo de Belle, Christine no lo llamó antes que a nadie, cuando lógicamente le habría correspondido a él tomar una decisión, saber qué hacer en un caso así.

Como si le adivinase el pensamiento, ella decía:

—El doctor Wilburn es el médico forense del condado. —Y añadió, en el tono que habría adoptado hablando en uno de sus comités—: A él es al primero que hay que avisar cuando se produce una muerte sospechosa.

Lo sabía todo de estas cuestiones, de los cargos oficiales, de las competencias y prerrogativas de cada uno.

—Belle ha sido estrangulada. No cabe ninguna duda. Por eso el doctor ha avisado al córoner, a Litchfield.

—¿No a la policía?

—Es el córoner quien debe decidir si hay que recurrir a la policía del condado o a la policía estatal.

—Supongo—suspiró Ashby—que más vale que llame al director y le diga que hoy no iré a la escuela.

—Ya le he telefoneado. No te espera.

—¿Le has dicho…?

—Que le había ocurrido una desgracia a Belle, sin dar más detalles.

No le reprochaba a su mujer que mantuviese la serenidad. Sabía que no era indiferencia por su parte, sino más bien fruto de un largo entrenamiento. Habría apostado a que le preocupaba la forma como la gente se enteraría del acontecimiento, sopesaba los pros y los contras y dudaba si hacer ella misma algunas llamadas.

Sólo entonces se quitó el abrigo y el sombrero, sacó una pipa del bolsillo y recuperó por fin su voz natural para decir:

—Con todos esos coches que van a venir, vale más que meta el nuestro en el garaje y deje el camino despejado.

Pensó vagamente en un trago de whisky, que lo habría ayudado recuperarse, pero no insistió. Salía del garaje cuando vio el coche de Bill Ryan subiendo la cuesta, y al lado de Bill a una mujer joven desconocida. Cuando hablaron del córoner, no había caído en que éste no era otro sino Ryan.

Ahora se sorprendió. Tal vez porque las raras veces que lo había visto había sido en *parties*, donde Bill siempre era uno de los primeros en levantar demasiado la voz y en manifestar una cordialidad exagerada.

Una vez más, al volver a la casa, vislumbró la bata rosa en la ventana de los Katz.

—¿Qué ha ocurrido, Spencer? Si lo he entendido bien, han matado a alguien.

—El doctor le pondrá al corriente. Es él quien lo ha llamado.

Cuando uno de sus alumnos estaba del humor que él tenía aquella mañana, sabía de antemano que no sacaría nada de él. No estaba enfadado con nadie en particular, salvo el doctor. Más bien estaba agradecido a Christine porque de vez en cuando le echaba una mirada alentadora, como para darle a entender que era su amiga. Y, al fin y al cabo, era cierto. Eran buenos amigos ellos dos.

—Le presento a mi secretaria, la señorita Moeller. Ya

puede quitarse el abrigo y preparase para tomar notas, señorita Moeller.

Se atascaba cada vez con el apellido, como si estuviera acostumbrado a emplear el nombre de pila. Se excusaba con Christine de actuar como si estuviera en su casa.

—¿Me permite?

Se llevó a Wilburn aparte. Ambos hablaban en voz baja, observándolos primero a él y luego a ella. Por fin se dirigieron a la habitación y primero dejaron la puerta abierta, pero poco después la cerraron.

¿Por qué le irritó a Spencer ver a miss Moeller, que se había quitado el sombrero, el abrigo y los chanclos, retocarse el peinado delante de un espejo de bolsillo? Habría apostado a que el peine no estaba muy limpio. Era una mujer corriente y debía de tener la carne recia e insípida, pero pertenecía al género agresivo. En cuanto a Ryan, era un hombre de unos cuarenta años, sanguíneo, de hombros poderosos, cuya esposa estaba casi siempre enferma.

—¿Le apetece una taza de café, señorita Moeller?—propuso Christine.

—Sí, gracias.

Sólo entonces se dio cuenta de que, desde que había salido de casa para ir a la escuela, donde únicamente estuvo unos instantes, su mujer había tenido tiempo de asearse y vestirse. No tenía la cara más pálida que de costumbre, al contrario. Si mostraba algún signo de emoción, era en los discos violetas de sus pupilas, que no lograban quedarse fijas en ningún sitio. Miraba un objeto e, inmediatamente después, saltaba a otro, con aspecto de no ver ni el primero ni el segundo.

—Si me permiten, debo hacer un par de llamadas.

Era Ryan, que volvía. Llamaba a la policía estatal, hablaba con un teniente al que parecía conocer personalmente, luego telefoneaba a otra oficina, a la que daba instrucciones como si fuera el jefe.

—Me temo—explicó luego, dirigiéndose a Christine— que hoy tendremos que molestarla bastante, y le pediría que nos dejara disponer de esta habitación ¿No necesita usted una mesita, señorita Moeller?

—Me arreglaré con el brazo del sofá.

Al decir esto, se estiraba el vestido. Estaba sentada muy baja en los cojines, con las rodillas altas. Sus piernas aparecían como dos columnas claras, y diez veces, veinte veces, haría ese gesto inútil para taparlas. Al final, a Spencer casi le provocaba dentera.

—Les aconsejo a todos que se instalen cómodamente. Espero, por una parte, al teniente Averell, de la policía estatal; por otra, a mi viejo colaborador de la policía del condado. Mientras llegan, me gustaría hacerles algunas preguntas.

Pestañeó, como para decirle a miss Moeller: «¡Adelante!».

Luego miró a Ashby y a su mujer, dudó, y decidió que sin lugar a dudas valía más interrogar a Christine para obtener respuestas precisas.

—En primer lugar, por favor, ¿cómo se llamaba ella? Recuerdo haberla visto con ustedes y…

—Sólo lleva un mes aquí. —Volviéndose hacia la secretaria, Christine articuló—: Belle Sherman.

—¿De la familia del banquero de Boston?

—No. De otros Sherman, de Virginia.

—¿Parientes de ustedes?

—Ni míos ni de mi marido. Lorraine Sherman, la madre de Belle, es una amiga de la infancia. Mejor dicho, íbamos al mismo colegio.

Sentado junto a la ventana, Ashby miraba afuera con aire ausente, enfurruñado, triste en cualquier caso. Su mujer tenía unas cuantas amigas así, a las que escribía regularmente y de las que hablaba en la mesa llamándolas por su nombre de pila, como si también él las conociera desde siempre.

Lo cierto es que acababa conociéndolas, a pesar de no haberlas visto nunca.

Durante mucho tiempo, Lorraine no había sido más que un nombre entre otros y la situaba vagamente en el sur, imaginaba a una chica gorda un poco varonil, que se reía mucho y se vestía con colores llamativos.

De esas amigas, Spencer había acabado conociendo a algunas. Y todas, sin excepción, habían resultado más banales que la imagen que se había hecho de ellas.

Con Lorraine, se trataba casi de una novela por entregas. Durante meses, Christine había recibido carta tras carta.

—Me pregunto si acabará divorciándose.

—¿Es desdichada?

Luego la pregunta había sido si sería Lorraine o su marido quien pediría el divorcio, si irían a Reno o lo resolverían en Virginia. Había una casa que repartir, lo recordaba, con unos terrenos que podían adquirir valor algún día, lo cual complicaba la cuestión.

Y por fin se preguntaron si Lorraine obtendría o no la custodia de su hija, de manera que Spencer, sin detenerse mucho a pensarlo, se había imaginado a una niña de unos diez años con trenzas.

Por lo visto, Lorraine había ganado la partida y había conseguido la custodia de su hija.

—La pobre mujer está agotada por esa batalla y encima se encuentra de sopetón sin un céntimo. Le gustaría ir a Europa, donde tiene familia, a ver si…

Eso venía siempre más o menos a la hora de cenar, antes de los postres. La historia había durado toda la temporada.

—No puede seguir pagando los estudios de su hija. Tampoco puede asumir el gasto de llevársela con ella sin saber cómo la recibirá su familia. Le he ofrecido que Belle se quede unas semanas con nosotros.

Así es como ese nombre había entrado de algún modo en su vida y un buen día se había materializado, convirtiéndose en una muchacha de cabellos color caoba a la que no había prestado mucha atención. Para él, era la hija de una amiga de Christine, de una mujer que no había visto jamás. La mayor parte del tiempo charlaban las dos, entre mujeres. Y, además, Belle estaba en una edad mala. Era difícil definir qué entendía él por «mala». Un poco antes, habría sido una niña. Un poco después, se la habría encontrado en las *parties* y le habría hablado como a una adulta. De hecho, tenía la edad de las chicas con las que sus alumnos mayores empezaban a salir.

No le había puesto mala cara ni la había evitado. Sin embargo, ¿tal vez, después de las comidas, bajaba a su cubil antes que de costumbre?

Justamente se dirigía allí, mientras Christine estaba ocupada contestando a las preguntas, para ir a buscar el bote de tabaco, pues el de la petaca estaba demasiado seco. Se sobresaltó al oír que Bill Ryan lo llamaba.

—¿Adónde va usted, amigo mío?

¿A qué venía esa falsa jovialidad?

—A buscar tabaco a mi despacho.

—Le necesitaré enseguida.

—Será sólo un segundo.

Ryan y el doctor se miraron.

—No quiero que se lo tome a mal, Spencer, pero preferiría que se quedase con nosotros. La policía llegará enseguida, y luego llegarán los técnicos. Ya sabe cómo son estas cosas. Seguro que lo ha leído en los periódicos: fotografías, toma de huellas, análisis y todo lo que cuelga. Hasta entonces, no se puede tocar nada. —Y añadió, volviéndose hacia Christine—: Dice usted que en estos momentos su madre está en París y que no sabe cómo ponerse en contacto con ella. Luego nos pondremos de acuerdo sobre el texto del telegrama que hay que enviarle. —Y a Spencer—: Según su mujer, ¿usted ayer no salió de casa en toda la noche?

—Así es.

Ryan sentía la necesidad—como todos los cobardes, pensó Ashby, como todos los débiles—de poner una sonrisa falsamente inocente.

—¿Por qué?

—Porque no me apetecía salir.

—Sin embargo, le gusta jugar al bridge.

—Sí, juego algunas veces.

—Y es bueno, ¿no?

—Bastante.

—Su mujer le telefoneó ayer desde la casa de los Mitchell para anunciarle que organizaban un torneo.

—Le respondí que terminaría mi trabajo y me iría a dormir.

—¿Estaba usted en esta habitación?

Había echado una ojeada al teléfono, pensando que era el único de la casa y esperando tal vez que Ashby se quedara cortado.

—Estaba en mi despacho, que también me sirve de taller de carpintería.

—¿Subió cuando sonó el teléfono?

—Contesté desde abajo, donde dispongo de una extensión.

—¿Y no oyó nada en toda la noche?

—Nada.

—¿No vino usted a estas habitaciones?

—No.

—¿No vio regresar a la señorita Sherman?

—No la vi regresar, pero vino a darme las buenas noches.

—¿Cuánto tiempo se quedó en su despacho?

—No entró.

—¿Cómo dice?

—Estaba en la puerta. Me sorprendió verla allí al levantar la cabeza, porque no la había oído llegar.

Hablaba claramente, de una forma incisiva, casi arrogante, como para poner a Ryan en su sitio, y no lo miraba a él, sino que miraba adrede a la secretaria, que tomaba en taquigrafía sus palabras.

—¿Le anunció que iba a acostarse?

—No sé qué me dijo. Me habló, pero no oí nada, porque el torno estaba funcionando y cubría su voz. Antes de que tuviera tiempo de parar el motor, ya se había ido.

—¿Supone usted que en ese momento volvía del cine?

—Es probable.

—¿Qué hora era?

—No tengo ni idea.

¿Se equivocaba al suponer que Christine, que hacía un momento parecía estar inequívocamente de su parte, empezaba a desaprobarlo? Debía de ser por el respeto que le inspiraban las autoridades constituidas, lo cual tenía que ver con su famoso sentido de la comunidad. Le había oído defender su razonamiento a propósito de los clérigos, un día en que hablaban de los clérigos malos y los buenos. En este caso, era al córoner, es decir, al hombre encargado en el condado de impartir justicia a quien Spencer contestaba de una forma seca y casi grosera. Poco importaba que el córoner fuese Bill Ryan, un hombre gordo, incapaz de beber como un gentleman, cuya cara sudorosa contemplaba Ashby cada vez más impaciente.

—¿Llevaba usted reloj de bolsillo?

—No, señor Ryan. Lo dejé en mi cuarto cuando fui a cambiarme de pantalón.

—O sea que subió usted a cambiarse.

—Así es.

—¿Por qué?

—Porque había terminado de corregir los deberes y me iba a poner a trabajar en el torno, que es algo que ensucia.

El doctor Wilburn comprendía que empezaba a tener la mosca detrás de la oreja y, arrellanado en su sillón, mirando al techo, tenía la expresión beatífica que alguna gente adopta en el teatro.

—¿La joven, Belle, se encontraba en su habitación cuando usted subió?

—No, fue antes de que regresara cuando...

—¡Un momento! ¿Cómo sabe usted que no estaba en su habitación? No se enfade, Ashby. Estamos hablando, simplemente. No dudo ni un instante de su perfecta honradez, pero necesito saber todo lo que pasó anoche en esta casa. Usted estaba en su despacho. Bueno. Corregía los deberes. De acuerdo. Una vez terminado ese trabajo, subió a cambiarse. Ahora, yo le pregunto: ¿dónde estaba Belle en ese momento?

Él iba a contestar, sin dudarlo, «en el cine», pero le entró un escrúpulo, quizá porque la secretaria tomaba nota de sus palabras. ¿Fue antes o después del regreso de Belle cuando subió a cambiarse? De repente había un agujero en su memoria, como les pasa a algunos alumnos en los exámenes orales.

—Si estaba trabajando en el torno...—intervino Christine con toda naturalidad.

¡Evidentemente! Si trabajaba en el torno cuando Belle regresó—y *efectivamente así era*—, llevaba su viejo pantalón de franela gris. Por tanto, fue antes de que volviese la joven cuando subió a la habitación a cambiarse.

—Habría preferido que no le ayudasen. Usted dice, Spencer, que la muchacha fue a darle las buenas noches y no se quedó más que un instante. ¿Cuánto tiempo más o menos?

—Menos de un minuto.

—¿Llevaba el sombrero y el abrigo?

—Llevaba una boina oscura.

—¿Y el abrigo?

—No recuerdo el abrigo.

—Supone usted que volvía del cine, pero podría muy bien haberle anunciado que se disponía a salir.

Christine intervino de nuevo.

—No habría salido tan tarde.

—¿Sabe usted quién la acompañaba al cine?

—Seguro que no tardaremos en saberlo.

—¿Tenía novio?

—Todos los chicos y chicas a las que la habíamos presentado la querían mucho.

Christine no se enfadaba y, sin embargo, debía de notar lo que sospechaban de una joven que era su invitada.

—¿Sabe si alguno era particularmente asiduo?

—No observé nada de eso.

—¿Supongo que no le hacía confidencias? Al fin y al cabo, sólo la conocía desde hacía un mes. Me ha dicho un mes, ¿verdad?

—Sí, pero conocí mucho a su madre.

Eso era típico de Christine, y no significaba nada. La señorita Moeller se estiraba el vestido. Ashby habría apostado a que se llamaba Bertha o Gaby y a que todos los sábados iba a los bailes populares iluminados con luces de neón.

Se pararon dos coches, uno tras otro, en el camino, ambos con matrícula oficial. Del primero, conducido por un agente de uniforme de la policía estatal, se apeó el teniente Averell, de paisano, mientras un hombre bajo y delgadito, de mediana edad y de paisano también, con un sombrero pasado de moda, salía del segundo coche y se acercaba respetuosamente al teniente. Ashby no ignoraba que era el jefe de la policía del condado, pero no sabía su nombre.

Allí afuera, los dos hombres se estrechaban la mano, intercambiaban un par de frases sacudiéndose las botas, miraban la casa de los Ashby y luego la de los Katz; el teniente Averell debió de sorprender la silueta rosa de la señora Katz, que se apartó rápidamente.

Bill Ryan se había levantado para salir a su encuentro. El doctor se levantaba también. Todo el mundo, incluida la señorita Moeller, intercambiaba apretones de manos. Había un Averell en la Crestview School, pero todavía no estaba en la clase de Ashby, que sólo lo conocía de nombre. En cuanto al padre, era un hombre apuesto de cabellos grises, cara sonrosada y ojos azules, que parecía tímido o melancólico.

—Si quiere venir por aquí...—le invitaba Ryan.

El doctor los seguía y sólo la secretaria se quedó entre Spencer y su mujer. Ésta propuso:

—¿Un poco más de café?

—Si no es molestia...

Christine fue a la cocina y su marido se quedó donde estaba. Tras las palabras de Ryan, de haber ido tras ella, habría parecido que le susurraba sabe Dios qué secretos.

—Tienen una vista muy bonita.

La Moeller se creía obligada a darle conversación, sonriendo con una sonrisa mundana.

—Creo que por aquí tienen más nieve que en Litchfield. Está a más altitud, claro.

Volvió a ver la bata rosa en la ventana de los Katz y luego, al pie del camino, dos mujeres que observaban de lejos los coches de la policía.

El hombrecito delgado salió solo de la habitación, cerrando la puerta tras de sí, y se dirigió al teléfono.

—¿Me permite?

Llamó a su oficina y dio instrucciones a unos hombres que debían venir con sus aparatos. Christine traía el café para la secretaria y para ella.

—¿Tú quieres?

—No, gracias.

—Me temo, señora Ashby, que hoy no habrá mucha tranquilidad en esta casa.

Cuando todos salieron por fin de la habitación, silenciosos, con cara seria, como quien acaba de celebrar un conciliábulo secreto, Ashby se levantó de la silla, de repente nervioso.

—¿Todavía no puedo bajar a mi despacho?—preguntó.

Los demás se miraron, y Ryan les explicó:

—Hace un rato, me pareció preferible…

—Señor Ashby, ¿tendría usted la bondad de enseñarme ese despacho?

Era Averell quien hablaba, con mucha cortesía y hasta con dulzura. Se detuvo, como había hecho Belle la víspera, en lo alto de los tres escalones, y parecía examinar el lugar, no como un detective, sino como un hombre al que le gustaría tener un rincón como aquél para pasar en él sus veladas.

—¿Le importaría poner en marcha un momento el torno?

Eso formaba parte de la investigación. También él habló mientras el torno zumbaba, se veían sus labios moviéndose, y luego le indicó por señas que podía parar el motor.

—Evidentemente es imposible oír nada cuando el torno funciona.

Le habría gustado charlar, quedarse un rato, tocar el torno y los objetos confeccionados por Spencer, mirar los libros, tal vez probar el viejo sillón de cuero que parecía tan confortable.

—Debo volver arriba, donde tenemos mucho que hacer. Usted no sabe nada, ¿verdad?

—La última vez que la vi estaba en el umbral, en el sitio donde está usted ahora, y no sé qué me dijo, sólo adiviné las dos últimas palabras: «Buenas noches».

—¿Y durante la velada no hubo nada que le llamase la atención?

—No.

—Supongo que cerraría la puerta de la casa con llave.

Tuvo que reflexionar.

—Creo que sí. Sí, seguro. Recuerdo que mi mujer me dijo por teléfono que tenía llave. —La seriedad del teniente lo impresionó—. ¿Quiere usted decir que entraron por la puerta?—preguntó, inquieto.

Fue un error hacer esta pregunta. Seguramente esas cosas deben permanecer secretas durante una investigación. Lo comprendió por la actitud de Averell, que sin embargo hizo un movimiento vago con la cabeza que podía pasar por una señal de asentimiento.

—¿Me disculpa?

Ya se iba. Ashby, por su parte, sin saber exactamente por qué, se quedó solo en su despacho y cerró la puerta. Cinco minutos después se arrepintió.

Nadie lo había echado del living, era él por su propia voluntad el que se había aislado, pero aquí ya no sabía qué estaba pasando, sólo oía pasos, un ir y venir. Al menos dos coches se habían parado en el camino; sólo uno se había ido.

¿Qué motivo había tenido para comportarse así, como un niño enfurruñado?

Estaba seguro de que más tarde, cuando por fin estuvieran solos—pero ¿cuándo volverían a estar solos?—, Christine le diría dulcemente, sin reprochárselo, que era demasiado susceptible, que se torturaba inútilmente, que esas personas, incluido Ryan, sólo cumplían con su deber.

¿Se atrevería a añadir que en el momento en que descubrió el cuerpo de Belle ella misma había dudado de él, hasta el punto de que había telefoneado primero al doctor Wilburn?

Una vez más, no sabía la hora, y no se le ocurría sacar el reloj del bolsillo, tal vez porque cuando estaba en su cubil casi siempre llevaba el pantalón de franela gris. La botella de whisky estaba en el armario, la botella de la que se servía dos vasos cada noche, y estuvo tentado de tomar un trago. Pero, en primer lugar, no tenía vaso y le habría repugnado beber a morro como un borracho; y, en segundo lugar, todavía no debían de ser las once de la mañana, según él la hora a partir de la cual estaba permitido tomar alcohol.

¿Para qué beber, además? Había habido un instante penoso, humillante, que habría preferido olvidar, lo mismo que durante años había tratado de olvidar la sonrisa de Bruce. Había sido brutal, casi mecánico. No era culpa suya. No se había regodeado, al contrario. ¿El doctor no sabía eso? ¿No era algo que les pasaba a todos los hombres?

Jamás había pensado en Belle de una manera equívoca. Ni una sola vez había mirado sus piernas como hace un momento miraba las de la secretaria, y habría sido incapaz de decir cómo eran.

Le molestaban las artimañas de la señorita Moeller, sus gestos falsamente pudorosos destinados a llamar la atención. Despreciaba a esas mujeres, como despreciaba a los Ryan. En definitiva, eran tal para cual.

Parecía que arrastraran muebles. Seguramente es lo que hacían, con la esperanza de descubrir indicios. ¿Los encontrarían? ¿Qué tipo de indicios? ¿Y qué querían probar con ellos?

Hace un momento, el teniente le había preguntado...

¿Cómo es que no le había llamado la atención? Se trataba de saber si había cerrado la puerta con llave o no. Ahora bien, al volver, durante la noche, seguro que Christine no había observado nada anormal. No se habría acostado sin decírselo. Por lo tanto, la puerta estaba cerrada. Estaba casi seguro de haberla cerrado.

Parecía estúpido, pero de repente se daba cuenta de que, puesto que él no había matado a Belle, alguien había tenido que entrar en la casa, y no era eso lo único de lo que no se había dado cuenta.

¿En qué estaría pensando?

Un hecho sencillo, brutal, evidente, es que aquello se había producido bajo su techo, en su casa, a pocos metros de él. Si fue mientras él dormía, sólo dos tabiques lo separaban del dormitorio de Belle.

Lo que lo impresionaba no era tanto la idea de un desconocido forzando la cerradura o saltando por la ventana.

En la casa vivían tres personas. Belle sólo hacía un mes que estaba con ellos, pero no dejaban de ser tres los habitantes de la casa. La cara de Christine le era tan familiar que ya no se fijaba. Tampoco se había fijado en la cara de Belle.

Conocían a todo el mundo. No solamente a la gente bien como ellos, sino a las familias que vivían en el barrio de abajo, los obreros del horno de cal, de la empresa constructora, las mujeres de la limpieza.

Según la expresión de Christine, eso constituía efectivamente una comunidad, y nunca esta palabra lo había impresionado tanto como aquella mañana, precisamente por lo que había pasado.

41

Porque alguien había venido aquí, a su casa, con la idea preconcebida de atacar a Belle y quizá de matarla.

Sentía escalofríos. Le parecía que esto lo afectaba personalmente, que él mismo estaba amenazado por algo.

Hubiera querido poder pensar que había sido un trotamundos, alguien totalmente extraño, diferente, pero era poco probable. ¿Qué trotamundos vagan por los campos en el mes de diciembre, cuando los caminos están cubiertos de nieve? ¿Y cómo habría sabido un trotamundos que había una joven en esa casa precisamente, y precisamente en esa habitación? ¿Cómo habría entrado sin hacer ruido?

Era pavoroso. Allá arriba, sin duda habrían pensado en todo eso, lo habrían discutido entre ellos.

Incluso si era alguien que había seguido a Belle desde el cine... Habría tenido que ser ella quien le abriera la puerta, pero eso no se sostenía. La habría atacado en la calle, sin esperar a que entrase en una casa iluminada en la que cabía suponer que habría otras personas.

¿Cómo habría sabido un extraño que disponía de una habitación para ella sola?

Se sentía débil. De repente, había perdido toda su seguridad. Era como si el mundo se tambalease a su alrededor.

El que había hecho aquello conocía a Belle y conocía la casa; no podía ser de otra forma. Por consiguiente, era alguien que pertenecía a la comunidad, alguien que ellos trataban, que los trataba a ellos, que seguro que había estado en su casa.

Prefirió sentarse.

Eso quería decir un amigo, una relación bastante íntima, había que admitirlo, ¿no?

¡Bueno! Si él era capaz, aunque fuera con dificultad, de admitir que un hombre al que habían recibido en su casa había hecho aquello, ¿por qué los demás no podían pensar...?

Toda la mañana se había estado portando como un imbécil. Se había enfadado con Ryan por sus preguntas, pero sin imaginarse que el córoner las hacía con una finalidad determinada, con una idea preconcebida.

Si alguien había hecho aquello...

La conclusión era clara: ¿por qué no él? Evidentemente, era de eso de lo que hablaban cada vez que acompañaban a un recién llegado a la habitación. Luego, en el living lo observaban con el rabillo del ojo.

Incluso Christine, en el fondo, ¿por qué no habría pensado como los demás?

Era un poco repugnante, la verdad, sobre todo la sonrisa equívoca del doctor Wilburn.

Tal vez se equivocaba, tal vez no sospechaban de él, tal vez tenían razones para no sospechar de él. No sabía nada. No le habían dicho nada concreto. Debían de existir indicios, ¿no?

¿Se equivocaba al pensar que el teniente Averell, cuando había bajado con él, más bien lo había mirado con simpatía? Lamentaba no conocerlo mejor. Le parecía que era un hombre del que habría podido ser amigo. No le había dado detalles de lo que habían descubierto, pero eso no podía hacerlo por motivos profesionales.

Otro indicio: si realmente hubiera sido sospechoso, ¿acaso la señorita Moeller se habría quedado a solas con él, hablando de la nieve y la altitud, mientras Christine preparaba el café?

Envidiaba el aplomo de su mujer, allá arriba. El aplomo de todos. Su naturalidad. Cuando salían de la habitación del fondo, estaban serios, pero no especialmente turbados. Debían de hablar de posibilidades e imposibilidades.

Ashby habría jurado que no tenían la misma sensación que él, que no se imaginaban, como él, a un hombre entrando en la casa, acercándose a Belle, con la intención…

Se sorprendió mordiéndose las uñas. Una voz lo llamaba:

—Puedes venir, Spencer.

Como si hubieran sido los otros los que lo hubiesen alejado de ellos, cuando se había retirado por su propia voluntad.

—¿Qué hay?

No quería parecer contentísimo de reunirse con los demás.

—El señor Ryan se marcha. Y antes le gustaría hacerte un par de preguntas.

Primero observó que el doctor Wilburn ya no estaba, pero sólo mucho más tarde supo que habían venido a buscar el cuerpo para llevarlo a la funeraria, donde en el momento en que él entraba en el living el doctor estaba procediendo a realizar la autopsia.

Tampoco vio al teniente Averell. El jefe de policía bajito estaba sentado en un rincón, con una taza de café en la mano.

Como si temiera que se olvidasen de sus piernas, la señorita Moeller se estiraba la falda.

—Siéntese, señor Ashby.

Christine, que parecía turbada, permanecía de pie junto a la puerta de la cocina.

¿Por qué Bill Ryan dejaba de llamarlo por su nombre de pila?

3

Estaban de pie ante la ventana, ella y él, separados únicamente por un sillón y un velador, mirando cómo se alejaba el coche, soltando vapor blanco por el tubo de escape. Esta vez, Ashby sabía la hora. Era poco más de la una y cuarto. Por fin se marchaba el último, Ryan, acompañado de su secretaria, y ya no había nadie más que ellos en la casa.

Se miraron, discretamente, sin sostenerse la mirada. Entre ellos, más aún que delante de la gente, eran pudorosos. Spencer estaba satisfecho de Christine, y hasta bastante orgulloso. Por su parte, tenía la impresión de que ella no estaba enfadada por la forma como se había comportado.

—¿Qué te apetece comer? No hace falta que te diga que no he ido a comprar.

Hablaba de comida intencionadamente. Y tenía razón. Eso devolvía al ambiente algo de su intimidad. Intencionadamente también iba a vaciar el cenicero donde Ryan había dejado la colilla de uno de sus puros. Era un olor al cual en esa casa no estaban acostumbrados. Había fumado todo el tiempo y, cuando se sacaba el puro de la boca para contemplarlo satisfecho, les repugnaba ver la punta masticada y pegajosa.

—¿Abro la lata de carne?

—Preferiría sardinas, o cualquier otra cosa fría.

—¿Con ensalada?

—Como quieras.

Ahora se notaba cansado. Tal vez se equivocaba, pero tenía la impresión de haber pasado lo peor. ¡Todavía no había terminado, por supuesto! Seguramente volverían a verlos a todos, y aún habría puntos que aclarar. Sin embargo, era reconfortante haber salido airoso del interrogatorio de Ryan. ¿No era eso lo que pensaban los dos sin decírselo?

Lo que lo había preocupado, hacía un momento, cuando lo llamaron, había sido ver a Christine empujando la puerta de la cocina. Se había preguntado por qué abandonaba el living en el momento en que él entraba; luego, por la cara de Bill Ryan, comprendió que lo hacía siguiendo las órdenes de éste.

Bastaba ese detalle para situar su conversación en otro plano, y eso ni siquiera podía llamarse una conversación. Igual que el «señor Ashby» con el que se dirigía a él. Ryan empleaba adrede todos los trucos que vemos utilizar a los abogados en los contrainterrogatorios, sacándose el pañuelo del bolsillo y desplegándolo antes de hundir en él la nariz, o chupando el cigarro con aire grave, como si estuviera reflexionando sobre un importante indicio. La presencia del jefe de policía debía aumentar sus ganas de mostrarse a la altura, aunque la señorita Moeller, a quien de vez en cuando echaba una mirada, fuese para él un público suficiente.

—No le pediré a mi secretaria que le relea lo que nos ha declarado hace un momento. Supongo que lo recuerda y que está conforme. Anoche, usted bajó a su despacho para corregir los deberes de sus alumnos y en ese momento llevaba el traje marrón que ahora mismo tiene puesto.

Todavía no se había hablado del traje en presencia de Ashby. Por tanto, era su mujer la que había dado esa información.

—Una vez terminado su trabajo, volvió a subir, fue a su dormitorio y se cambió. ¿Es éste el pantalón que se puso?

Mirando por encima de la cabeza de Spencer, Ryan le decía al jefe de policía:

—Señor Holloway, por favor...

Éste se acercó, como un alguacil en un tribunal, con el pantalón y la camisa en la mano.

—¿Los reconoce?

—Sí.

—¿Éste era pues el atuendo con el que bajó y el que llevaba cuando la señorita Sherman volvió a casa?

—Es el que llevaba cuando la vi en el umbral de mi despacho.

—Puede irse, señor Holloway.

Habían tomado decisiones entre ellos, pues el jefe de policía, en vez de volver a su sitio, se puso el abrigo, se calzó unos gruesos guantes de lana y se dirigió hacia la puerta, llevando bajo el brazo la ropa que acababa de exhibir.

—No se preocupe, señor Ashby. Lo que ahora me gustaría es que reflexionase, que intentase recordar, que sopesase los pros y los contras y que finalmente me contestase en conciencia, sin perder de vista que más adelante le pedirán que repita sus declaraciones bajo juramento.

Estaba contento de su frase, y Spencer apartó la mirada, que involuntariamente fue a parar a las piernas claras de la secretaria.

—¿Está usted seguro de que anoche, en ningún momento, puso los pies en un lugar distinto de los que ha citado, es decir, su despacho, su dormitorio, su baño, la cocina y, naturalmente, este living por el que tuvo que pasar?

—Estoy seguro.

Al ser interrogado de esta manera, sin embargo, acabó por preguntarse si realmente estaba tan seguro.

—¿No preferiría que le concediera un momento de reflexión?

—Sería superfluo.

—En tal caso, señor Ashby, explíqueme cómo es posible

que tengamos una prueba material de su presencia, si no en el dormitorio de la señorita Sherman, en todo caso en su cuarto de baño. No necesito recordarle, pues se trata de su casa, que no se puede entrar en ese cuarto de baño más que pasando por el dormitorio. Le escucho.

En ese instante, había buscado realmente ayuda a su alrededor, y era la cara familiar un poco sanguínea de Christine lo que habría querido ver. Ahora comprendía por qué Ryan había tomado la precaución de alejarla. Habían ido mucho más lejos en sus sospechas de lo que él había pensado.

—Yo no entré en su dormitorio—murmuró secándose la frente.

—¿Ni en el cuarto de baño?

—Ni en el cuarto de baño, por supuesto.

—Perdone que insista, pero tengo excelentes razones para creer lo contrario.

—Siento tener que repetir que no puse los pies en esa habitación.

Levantaba la voz, sintiendo que la levantaría más, y que tal vez perdería el control. De nuevo, fue pensar en Christine lo que le permitió dominarse. El inmundo de Ryan—ahora le parecía inmundo—adoptaba un aire protector.

—Con un hombre como usted, no necesito largas explicaciones. Han venido los expertos. En un rincón del cuarto de baño, allí donde hay un hueco bastante ancho entre dos azulejos, han encontrado serrín, el mismo serrín aparentemente, el análisis lo confirmará, que el encontrado en su taller y en su pantalón de franela.

Ryan callaba, fingiendo estar concentrado en su cigarro. Fue entonces cuando Ashby pasó cinco minutos atroces. No era propiamente miedo lo que sentía. Sabía que era inocente y estaba seguro de que lograría demostrarlo, pero al córoner había que contestarle inmediatamente; era importante, fundamental, descubrir enseguida la solución del problema.

Porque había un problema. Spencer no era sonámbulo. Estaba seguro de no haber puesto los pies en la habitación de Belle aquella tarde noche.

—Usted objetará probablemente que, al ir a darle las buenas noches, la muchacha recibió en sus ropas algo del polvo de madera que despedía el torno. El teniente Averell le ha seguido hace un momento a su taller, se ha colocado en el lugar que ocupaba ayer la señorita Sherman y le ha pedido que pusiera el torno en marcha. Cuando ha subido, no había ningún polvo en sus ropas.

Esto lo decepcionó por parte de Averell, y sospechó que Ryan pretendía tergiversar la historia para arrebatarle un posible amigo.

—¿No le refresca eso la memoria?

—No.

—Tiene todo el tiempo que necesite.

Ashby estaba en el sillón junto a la ventana y de vez en cuando, al reflexionar, levantaba la mirada. Una vez más, vio la bata rosa en la casa de enfrente, y esta vez la bata no se ocultó. Al contrario, un rostro se inclinó ligeramente y dos ojos negros lo miraron con intensidad.

Se sorprendió, porque eso no ocurría nunca. Ni su mujer y ni él tenían ninguna relación con los Katz, pero él habría jurado que la mujer intentaba transmitir una especie de mensaje con su mirada, que hacía un movimiento imperceptible para explicarle algo.

Seguramente estaba equivocado. La causa era la tensión en la que vivía. Cruelmente, Ryan había sacado el reloj del bolsillo y lo tenía en la palma de la mano, como si se tratase de una prueba deportiva.

—No he pensado en recordarle, señor Ashby, que en

cualquier caso, tanto si es testigo como acusado, tiene derecho a no responder si no es en presencia de un abogado.

—¿Qué soy en este momento?

—Testigo.

Sonrió, asqueado, miró otra vez la ventana de los Katz y, como si se avergonzara de pedir una ayuda exterior, cambió de sitio.

—¿Ha recordado algo?

—No.

—¿Admite usted que entró en el cuarto de baño de la muchacha?

—No.

—¿Tiene alguna explicación que proponer?

De pronto, estuvo a punto de echarse a reír, con una risa maligna de triunfo, porque acababa de encontrar la explicación, justo cuando renunciaba a buscarla. ¡Y era tan tonta!

—No fue ayer tarde cuando entré en el cuarto de baño de Belle, sino anteayer. Llevaba el pantalón de franela, en efecto, porque estaba trabajando en el taller cuando mi mujer vino a recordarme que otra vez se había caído el toallero.

—Sólo después de haberlo dicho le entró el sudor frío—. Ya se había despegado dos o tres veces. Subí con mis herramientas y lo volví a colocar.

—¿Tiene pruebas?

—Mi mujer se lo confirmará…

Ryan se limitó a mirar de una determinada manera la puerta de la cocina, y Ashby comprendió y tuvo que contenerse otra vez. Aquella mirada significaba que Christine podía haber oído su conversación y que no lo desmentiría. El córoner habría podido objetar, además, que legalmente ella no tenía derecho a declarar contra su marido.

—Espere…—dijo Ashby levantándose, tan febril como

un alumno que tiene la solución de un problema en la punta de la lengua—, ¿a qué día estamos? ¿Miércoles?—Caminaba arriba y abajo—. El miércoles, si no me equivoco, la señora Sturgis trabaja en casa de la señora Clark.

—¿Cómo dice?

—Hablo de nuestra asistenta. Viene a casa dos veces por semana, el lunes y el viernes. Fue por tanto anteayer, lunes, cuando volví a colocar el toallero. Seguro que ella se dio cuenta ese día de que se había caído. —Descolgó el teléfono y marcó el número de los Clark—. Perdone que la moleste, señora Clark. ¿Está Elise en su casa? ¿Le importaría pedirle que se pusiera un momento al teléfono?

Le pasó el auricular a Ryan, que se vio obligado a cogerlo y a hablar. Cuando colgó, ya no volvió a referirse al cuarto de baño de Belle. Hizo un par de preguntas más, por quedar bien y para no acabar con un fracaso. Por ejemplo, ¿cómo no había visto Ashby antes de acostarse si había luz o no debajo de la puerta de la habitación? Acababa de apagar las luces del living y del corredor. Como aún no había encendido las de su dormitorio, cualquier resplandor habría tenido que llamarle la atención, ¿no? ¿Seguro que no había oído ningún ruido en la casa? Por cierto, ¿cuántos whiskies había tomado?

—Dos.

Algo debía de haber también detrás de esa pregunta del whisky.

—¿Está seguro de que sólo bebió dos? ¿Eso bastó para darle un sueño tan pesado como para no oír a su mujer cuando volvió y se acostó en la cama a su lado?

—También sin alcohol hubiera podido no oírla.

Era verdad. Una vez dormido, no se despertaba hasta por la mañana.

—¿Qué marca de whisky bebe usted?

Se lo dijo. Ryan le pidió que fuese a buscar la botella a su despacho.

—¡Vaya! ¿Siempre compra usted botellas planas, de medio litro?

—Casi siempre.

Era una antigua costumbre, una manía, que debía de remontarse a la época en que sólo podía permitirse media botella cada vez.

—¿La señorita Sherman bebía whisky?

Le irritaba oír hablar todo el rato de la señorita Sherman, ya que, para él, siempre había sido Belle, y se sobresaltaba cada vez, como si oyese un nombre desconocido.

—Delante de mí, nunca.

—¿Nunca bebió whisky con ella?

—En absoluto.

—¿Ni en su despacho ni en su habitación?—De la cartera de cuero depositada en la alfombra al lado del sillón, Ryan extrajo una botella plana de la misma marca que la que Ashby todavía tenía en la mano—. Usted es evidentemente un hombre previsor, y estoy seguro de que si hubiera utilizado esta botella en las circunstancias en que se utilizó ayer, habría tenido cuidado de borrar las huellas dactilares, ¿no es cierto?

—No comprendo.

—Encontramos esta botella en el dormitorio de la señorita Sherman, no lejos del cuerpo, escondida detrás de un sillón. Como puede usted comprobar, está vacía. El contenido no se derramó en el suelo, sino que se bebió. No había ningún vaso en la habitación. Tampoco se utilizó el vaso del cuarto de baño.

—¿Fue ella la que...?

No quería creerlo; estaba casi seguro de que le contestarían que no.

—Bebió de la botella, necesariamente. Por consiguiente, whisky puro. Dentro de unos minutos sabremos qué cantidad contiene el estómago. Ya es seguro, por el olor que emanaba de la boca, que ingirió una cantidad notable de alcohol. ¿No se dio usted cuenta, cuando fue a darle las buenas noches?

—No.

—¿No olió su aliento?

Ya eran incontables los sobrentendidos con los que Ryan salpicaba sus preguntas. Es curioso, porque era un hombre del que nadie hablaba mal, un hombre al que más bien consideraban simpático, y que no tenía ninguna razón para odiar a Ashby, el cual no podía en modo alguno hacerle sombra.

—No le olí el aliento.

—¿Tampoco vio nada raro en su mirada?

—No.

Lo mejor era contestar de forma escueta, sin comentarios.

—¿Nada, en lo que le dijo, le hizo suponer que estaba borracha?

—No.

—¿Oyó usted lo que decía?

—No.

—Es lo que creía recordar. ¿O sea que, ocupado como estaba, inclinado sobre su tarea, si la muchacha no se hubiera encontrado en su estado normal, usted probablemente no lo habría notado?

—Es posible, pero estoy convencido de que no había bebido.

¿Por qué dijo eso? No estaba tan convencido. Simplemente, hasta entonces no había pensado en ello. Ahora, era más bien por una especie de fidelidad hacia Christine—fidelidad que extendía a sus amigas—por lo que defendía a Belle. ¿No había notado que estaba pálida, que parecía triste, ansiosa o enferma?

—No tengo más preguntas que hacerle por ahora y sentiría que viese usted animadversión por mi parte, querido Spencer. Mire, este mes hace exactamente veintitrés años que no hemos tenido ningún crimen de este tipo en el condado. Por lo tanto, es seguro que causará un gran revuelo. Dentro de un rato, se presentarán los periodistas y, si quiere un consejo, recíbalos lo mejor que pueda. Los conozco. No son mala gente, pero si uno no los informa de buena gana…

Cuando sonó el teléfono, Ryan extendió la mano antes de que Ashby hubiera podido acercarse. Debía de estar esperando la llamada, pues había colocado el aparato al lado de su sillón.

—¿Diga? Sí, soy yo… Sí…

La señorita Moeller se estiraba el vestido, sonreía a Ashby como para decirle que personalmente no tenía nada en contra de él, tal vez para felicitarle por haber salido tan airoso.

—Sí, sí, entiendo… Eso le da ocasión para una contraprueba… ¡No! El caso no se presenta exactamente como yo había previsto, es curioso… Sí, lo he comprobado. A menos que se trate de una preparación minuciosa, lo cual, *a priori*…—Se notaba que se esforzaba en decir lo que tenía que decir sin que Ashby lo entendiera—. Lo hablaremos luego. Tengo que volver a Litchfield, me están esperando… Creo, en efecto, que es preferible que venga usted… Sí, sí…—Sonreía ligeramente—. Estamos obligados. Se lo diré…—Colgó el aparato y encendió otro puro—. Queda una formalidad, a la cual dentro de un rato le pediré que se someta. No se ofenda. Wilburn vendrá personalmente a verle en cuanto haya terminado allí y tardará dos minutos en examinarlo.

Ryan estaba de pie, la señorita Moeller también, y se dirigía hacia la cartera abierta.

—No veo razón para no revelarle de qué se trata. Al parecer, la señorita Sherman se defendió. Debajo de sus uñas acaban de encontrar un poco de sangre de otra persona. Es muy probable, pues, que el asesino tenga una o varias heridas leves…—Como si fuera de la familia, fue a abrir la puerta de la cocina—. Ya puede volver, señora Ashby. Por cierto, tengo una pregunta para usted también. —Lo decía despreocupadamente, como bromeando, como para hacerse perdonar—. ¿Cuándo vio usted a su marido por última vez en el dormitorio de la señorita Sherman?

¡Pobre Christine! Se puso muy pálida, y los miró alternativamente a los dos con una mirada interrogativa.

—No lo sé. Espere…

—Basta. No busque más. Sólo era un pequeño experimento. Si me hubiese respondido enseguida «el lunes por la tarde», habría concluido que se habían puesto de acuerdo o que escuchaba usted detrás de la puerta.

—Pues precisamente fue el lunes por la tarde, a causa de…

—¡Del toallero, claro! Muchas gracias, señora Ashby. Hasta pronto, Spencer. ¿Vamos, señorita Moeller?

¡Ya está! Él había pasado su primer examen. Podían tomarse un respiro esperando las siguientes pruebas. Christine, como si supiera que la casa tardaría un tiempo en recuperar su aspecto normal, no había puesto la mesa en el comedor, sino en la cocina. Así, el día seguía siendo un día excepcional.

—¿Por qué tiene que venir el doctor?

—Wilburn ha encontrado restos de sangre debajo de las uñas de Belle. Quiere asegurarse de que…

Comprendió que aquello hacía mella en Christine. Era

más directo que el resto y, por primera vez, evocaba una imagen. Estuvo a punto de ponerle suavemente la mano en el hombro, y también de suavemente preguntarle: «¿Sigues creyendo que soy inocente, verdad?».

Sabía que sí. Era una forma de poder agradecérselo después. Ella no lo conmovía con frecuencia. Sus efusiones eran casi inexistentes. Eran más bien como dos viejos camaradas, y justamente como a un camarada tenía ganas de agradecérselo.

Se había portado bien, Spencer estaba contento de ella. Se sentó a la mesa dirigiéndole una sonrisita que no era muy elocuente, pero que ella debía comprender.

Tal vez, a sus espaldas, había gente que se burlaba de su matrimonio. Habladurías, en cualquier caso, seguro que las había habido en el momento de la boda, que fue totalmente inesperada. De eso hacía diez años. Él entonces tenía treinta, y Christine treinta y dos. Ella vivía con su madre y todo el mundo estaba convencido de que jamás se casaría.

No lo habían visto cortejarla, nunca habían bailado juntos y el único sitio donde se encontraban era la Crestview School, de la cual Christine, desde la muerte de su padre, se había convertido en una de las consejeras. Es decir que sus encuentros tenían lugar en los campos de fútbol, de béisbol, y en los picnics escolares.

También ellos mismos habían creído durante mucho tiempo que no estaban hechos para el matrimonio. Christine y su madre tenían dinero. Ashby vivía allá arriba en el bungaló del tejado verde destinado a los solteros, y cada año se permitía un viaje solitario a Florida, México, Cuba o cualquier otro lugar.

Da igual cómo pasó. Ninguno de los dos habría podido decir qué los había hecho decidirse. No se lo plantearon hasta que murió la madre de Christine, que padecía un cáncer y no habría soportado ver una cara nueva en su casa. ¿Se habían acostumbrado realmente a dormir en la misma habitación y a desnudarse el uno delante del otro?

—Tengo la impresión de que el teniente Averell volverá a vernos dentro de poco—dijo ella.

—Yo también lo creo.

—Fui a la escuela con su hermana. Son de Sharon.

Siempre era así entre ellos. Como todo el mundo, alguna vez sentían cierta emoción; se establecía una especie de corriente de ternura, tenue, sutil, frágil, diríamos, y como si se avergonzaran de ella, hablaban rápidamente de personas conocidas o de compras que había que hacer.

Pero se entendían y, a pesar de todo, estaban bien. Spencer dudaba si comentarle a su mujer la impresión que había tenido hacía un momento al mirar a la señora Katz detrás de su ventana. Todavía estaba sorprendido y se preguntaba si realmente le habría querido transmitir algún mensaje.

Habría sido curioso, porque no había trato alguno entre las dos casas, separadas sólo por un césped. Jamás se habían hablado. No se saludaban. No era culpa de los Katz. Ni tampoco de los Ashby, al menos directamente.

En suma, los Ashby pertenecían a la sociedad local, y los Katz eran de otra raza. Veinte años atrás, ni siquiera se les habría ocurrido instalarse en la región. Ahora que ya eran varias familias, aún no se sentían cómodos; en su mayoría, eran gente de Nueva York a la que sólo se veía en verano, que se construían casas alrededor del lago y conducían coches grandes.

La pequeña señora Katz era una de las pocas que pasaba el invierno casi sola en su casa. Era muy joven, muy oriental, con rasgos estilizados, ojos inmensos y un poco achinados, de manera que verla ir y venir por su gran casa con dos criadas para servirla evocaba una atmósfera de harén.

Katz, que tenía treinta años más que ella, era bajo, muy gordo, tanto que andaba con las piernas separadas, con unos pies de mujer siempre calzados de charol.

¿Acaso la tenía encerrada en el campo por celos? Se dedicaba a la bisutería y poseía sucursales por todas partes. Los Ashby veían llegar su Cadillac negro conducido por un chofer con librea; durante unos días, regresaba cada noche y luego desaparecía una semana o dos.

Jamás hablaban de ellos, fingían no mirar esa casa, que era la única que tenían cerca, e ignorar a la mujer jovencísima de quien, lo quisieran o no, acababan por conocer todas las idas y venidas, como ella conocía las suyas.

A veces, detrás de su ventana, daba la impresión de una niña que se muere de ganas de ir a jugar con las demás; y había ocasiones en que, para distraerse, cambiaba cinco o seis veces de vestido en un mismo día, sin nadie para admirarla.

¿Era a Spencer a quien intentaba mostrárselos? ¿No era por él por quien algunas tardes se sentaba al piano adoptando las poses que vemos en los artistas de concierto?

—Ryan me ha avisado de que vendrán periodistas.

—Yo también me lo espero. ¿No comes más?

Subsistía como un vacío en torno a ellos. La casa había cambiado, hicieran lo que hicieran, y no era totalmente por casualidad, ni sólo por pudor, por lo que evitaban mirarse a la cara.

Eso pasaría. Estaban en ese punto en el que uno todavía no se da cuenta de la importancia de la conmoción, como después de una caída. Uno se levanta, cree que no ha sido nada; no es hasta al día siguiente cuando...

—¡El coche de Wilburn!

—Ya voy yo. ¡Es para mí!

¿Se le podía pedir que no dejase traslucir amargura en

la voz? ¿Y que no sintiera desazón en presencia del doctor que acababa de hacerle la autopsia a Belle? Wilburn todavía tenía las manos blancas y heladas por haberse enjabonado y cepillado las uñas.

—Supongo que Ryan le ha avisado. ¿Paso directamente a su habitación?

Llevaba consigo el maletín, como si visitase a un enfermo. Al observar una mancha amarilla en el labio superior del doctor, Ashby recordó haberle oído contar que, cuando trabajaba con un muerto, fumaba un cigarrillo tras otro a modo de desinfectante.

¿Cómo no pensar en Belle? Eso creaba imágenes concretas que habría preferido expulsar, sobre todo en el momento en que estaba obligado a desvestirse, a quedarse desnudo en pleno día, bajo la mirada irónica de Wilburn.

No hacía ni diez minutos que éste se inclinaba sobre la muchacha. Y ahora...

—¿No tiene ningún arañazo, ninguna herida?

Pasaba sus dedos helados por la piel, se demoraba, volvía a pasarlos.

—Abra la boca. Otra vez. ¡Está bien! Vuélvase...

Ashby habría podido llorar, más humillado que hace un momento, cuando Ryan lo acusaba casi crudamente.

—¿Qué es esa cicatriz?

—Es de hace al menos quince años. No la recordaba.

—¿Una quemadura?

—Un hornillo de camping que explotó.

—Ya puede vestirse. Nada, claro.

—¿Y si por casualidad hubiera tenido un arañazo? ¿Si me hubiera cortado esta mañana al afeitarme?

—Un análisis nos habría dicho si su sangre es del mismo grupo sanguíneo.

—Y si, justamente...

—Todavía no lo habríamos ahorcado, no tema. Es mucho más complicado de lo que cree, pues esta clase de crímenes no los comete cualquiera. —Recogía el maletín, abría la boca como si fuera a revelar un secreto importante y por fin se contentaba con decir—: Probablemente habrá novedades muy pronto. —Titubeaba—. En suma, ¿usted conocía muy poco a esa chiquilla, no es cierto?

—Vivía en nuestra casa desde hacía aproximadamente un mes.

—¿Su mujer la conocía?

—No la había visto nunca antes.

El doctor bajaba la cabeza, como discutiendo el caso en su fuero interno.

—Evidentemente, ustedes nunca notaron nada.

—¿Se refiere al whisky?

—¿Ryan se lo ha dicho? Ingirió más de un tercio de la botella y hay que descartar la hipótesis de que se lo metieran en el gaznate o que se lo hicieran beber por sorpresa.

—Nunca la vimos beber.

Una llama irónica bailaba en los ojos del doctor, que puso una insistencia curiosa en formular la pregunta siguiente, casi en voz baja, como si tuviera que quedar entre hombres:

—*Personalmente*, ¿no hubo nada en su actitud que le llamara la atención?

¿Por qué le vino a la memoria la fotografía sórdida de Vermont y la sonrisa de Bruce? El viejo doctor también parecía buscar Dios sabe qué confesión, solicitar Dios sabe qué complicidad.

—¿No lo entiende?

—Me parece que no.

Wilburn no le creía, pero no se decidía a ir más lejos, y la situación era embarazosa.

—¿Para usted, era una joven como las demás?

—Más o menos. La hija de una amiga de mi mujer.

—¿Ella no trató nunca de hacerle confidencias?

—Por supuesto que no.

—¿No tuvo usted la curiosidad de hacerle preguntas?

—Tampoco.

—¿No insistía en reunirse con usted en su despacho cuando su mujer no estaba en casa?

Ashby se volvió más seco.

—No.

—¿Tampoco se desnudó nunca delante de usted?

—Le aseguro que no.

—No se ofenda. Se lo agradezco y le creo. Además, no es asunto mío.

Al salir, Wilburn se inclinó para saludar a Christine, que estaba cerrando la nevera. La tuteaba. La había conocido de niña. Incluso fue probablemente él quien ayudó a traerla al mundo.

—Te devuelvo a tu marido en perfecto estado.

A ella tampoco le hacían gracia estas bromas y, cuando por fin abandonó la casa, el doctor era el único que sonreía.

Pero dejaba algo tras él, algo que había aportado, a sabiendas o no, y que era como una semilla de desasosiego.

La prueba es que Ashby ya se estaba preguntando qué había detrás de algunas de sus preguntas. Tenía la impresión de comprenderlo, y luego se decía que probablemente no era eso. Cuando estaba a punto de hablar de ello con Christine, se callaba, torcía el gesto, y el resultado era que se ponía a pensar, casi continuamente, en problemas que nunca antes habían ocupado su mente.

4

No había habido la cellisca anunciada por la radio. Hasta la nieve había dejado de caer, pero un viento violento había soplado toda la noche. Christine y él estaban acostados desde hacía más de una hora, tal vez una hora y media, cuando Spencer se levantó sin hacer ruido y entró en el cuarto de baño. Cuando estaba abriendo con precaución el botiquín, oyó en la oscuridad del dormitorio la voz de su mujer preguntando desde la cama:

—¿Te encuentras mal?

—Me tomaré un fenobarbital.

Por la forma como hablaba, él comprendió que tampoco ella había dormido. Se oía un ruido continuo, afuera, un objeto que golpeaba contra la casa con un ritmo obsesivo. Él intentaba, sin conseguirlo, adivinar qué era.

Hasta por la mañana no descubrió que una cuerda del tendedero se había roto y que, endurecida por el hielo, golpeaba uno de los montantes del porche, junto a la ventana del dormitorio. El viento había amainado. Una costra crujiente cubría la nieve del día anterior y en todas partes el agua se había helado; desde arriba, se veían los coches circulando a cámara lenta por la carretera resbaladiza por donde aún no habían pasado los camiones de arena.

Spencer había desayunado como siempre, se había puesto el abrigo, los guantes, el sombrero y los chanclos, había cogido la cartera y, cuando estaba de pie junto a la puerta, Christine se había acercado para tenderle torpemente la mano.

—¡Ya verás como dentro de unos días nadie se acordará de nada!

Él se lo agradeció con una sonrisa, pero ella no sabía lo que sentía. Creyó que lo que le impresionaba en el momento de salir era la idea de encontrarse con gente, como por ejemplo el grupo que estaba parado al pie de la colina, y la perspectiva de todas las miradas que lo acribillarían, de las preguntas formuladas o no. ¡La víspera, a las nueve de la noche, aún había amigas que telefoneaban a Christine! Y de nuevo empezaban a ver, aquella mañana fría, a gente de la policía yendo de casa en casa.

Ella no podía saber que lo que lo había atormentado durante la noche no había sido en absoluto la preocupación de lo que podrían decir o pensar los demás, ni el golpeteo de la cuerda del tendedero, sino una simple imagen. Ni siquiera una imagen nítida. Ni tampoco exactamente la misma todo el tiempo. No dormía, pero no estaba totalmente lúcido, y sus percepciones eran algo confusas. En la base estaba Belle, perfectamente reconocible, tal como la había visto en el suelo de su cuarto cuando habían abierto la puerta. Pero a veces, en su mente, había detalles que no había tenido tiempo de distinguir entonces, detalles que él añadía por su cuenta y que procedían de la fotografía de Bruce.

El doctor Wilburn participaba en aquella pesadilla estando despierto y, por momentos, se complicaba con expresiones sacadas de su antiguo compañero de Vermont.

Sentía vergüenza, procuraba rechazar aquellas imágenes, y por eso intentaba concentrar el pensamiento en el ruido exterior, esforzándose por adivinar su causa.

—¿No estás demasiado cansado?—le había preguntado Christine.

Sabía que estaba pálido. Se sentía triste, porque hacía un momento, incluso a la luz del día, cuando se había sentado en el living para calzarse las botas, había visto otra vez la imagen. ¿Por qué había levantado enseguida la vista para mirar las ventanas de los Katz? ¿Indicaba ese gesto un encadenamiento inconsciente de ideas?

Sabrían si la señora Katz el día anterior había tenido realmente la intención de transmitirle un mensaje, pues era improbable que el jefe de policía no hubiese comentado con los periodistas la visita que había realizado enfrente. Ashby ignoraba si era ella la que había telefoneado para que fueran a interrogarla o si Holloway había ido por propia iniciativa. Lo cierto es que vio al policía bajito apearse del coche hacia las cuatro, cuando todavía quedaba algo de luz.

—¿Lo has visto, Spencer?

—Sí.

Tanto ella como él habían evitado vigilar las ventanas iluminadas, pero sabían que la visita había durado más de media hora. Fue en ese momento cuando recibieron un telegrama de París en el que Lorraine, desesperada, anunciaba que salía con el primer avión.

Las cortinas aún estaban cerradas en casa de los Katz. Ashby sacó el coche del garaje, condujo despacio por el camino resbaladizo y tuvo que esperar para doblar al llegar a la carretera, sin inmutarse por las miradas que le lanzaban las personas que se agolpaban allí. Era gente que conocía vagamente y la saludó con la mano, como de costumbre.

A causa del vaho, tuvo que poner en marcha el limpiaparabrisas. En el quiosco, a esa hora, no había casi nadie. Encontró, siempre en el mismo sitio, un número del *New York Times* con su nombre escrito a lápiz, pero esa mañana también cogió de dos pilas contiguas un ejemplar del diario de Hartford y otro de un periódico de Waterbury.

—¡Qué historia, señor Ashby! ¡Debe de haber sido una conmoción para ustedes!

Dijo que sí, por complacer. Debía de ser el periodista

gordo que había escrito el artículo de Hartford, un hombre gris, de mediana edad, como gastado por el contacto de los trenes y los mostradores de los bares, que había trabajado en casi todas las ciudades de Estados Unidos y que en todas partes se sentía como en casa. Nada más entrar, había escandalizado a Christine porque no se había quitado el sombrero y la había llamado «mi pobre señora». ¿O era «mi buena señora» lo que había dicho? Sin pedir permiso, había inspeccionado toda la casa, como un posible comprador, asintiendo con la cabeza, tomando notas, abriendo armarios y cajones en la habitación de Belle y deshaciendo la cama que Christine se había tomado la molestia de arreglar.

Cuando por fin se dejó caer en el sofá del salón, había mirado a Ashby con aire interrogativo y, como éste no parecía comprender, le había hecho una seña que indicaba claramente que tenía sed.

En una hora, había vaciado un tercio de la botella, sin dejar de hacer preguntas y de escribir, como si tuviera la intención de llenar el periódico con su artículo y, cuando apareció por la puerta su colega de Waterbury, le dijo en tono protector:

—No obligues a esa pobre gente a contarte otra vez la historia, porque están cansados. Ya te pasaré la información. Ve a esperarme a la policía.

—¿Y las fotos?

—Bueno. Las tomamos enseguida.

En la portada del periódico figuraba una fotografía de la casa desde el exterior, una de Belle y otra de su habitación. Era lo acordado. Pero dentro habían publicado una foto de Ashby en su cubil, que el reportero había prometido destruir. La había tomado por sorpresa, en el momento en que Spencer explicaba el funcionamiento del torno, y una cruz marcaba el lugar del umbral donde Belle había estado de pie aquella noche.

El vendedor de periódicos lo devoraba con los ojos, como si, desde la víspera, se hubiese convertido en un personaje de otra naturaleza; y dos clientes que no hicieron más que entrar y salir para coger el periódico le echaron una mirada llena de curiosidad.

No fue a Correos, porque no esperaba ninguna carta, subió de nuevo al coche y lo paró al borde del camino, al otro lado del río. Una vez en la escuela, en efecto, ya no tendría tiempo de leer. Además, la víspera no había vuelto a ver a ningún personaje oficial, ni a Ryan, ni al teniente Averell, ni a Mr. Holloway, que sí se había detenido delante de su casa, pero para entrar en la de enfrente.

En el fondo, su mujer y él se habían sentido más turbados por esa calma que por la efervescencia de la mañana. De no ser por los periodistas, habrían estado solos el resto del día, con gente que pasaba por delante de las ventanas, hasta tarde por la noche, y cuyos pasos oían sobre la nieve crujiente.

Era desconcertante no saber nada. Algunas amigas telefoneaban a Christine, pero tampoco ellas sabían nada y sólo llamaban para hacer preguntas que a ellos les resultaba embarazoso contestar.

Daba la impresión de que los mantenían apartados. La única llamada que podía considerarse oficial fue la de la señorita Moeller, la secretaria de Ryan, que preguntó la dirección de las Sherman en Virginia.

—No hay nadie en su casa. Como le he dicho, Lorraine está en París. Llegará aquí mañana.

—Lo sé, pero de todos modos necesito su dirección.

El aire en el coche era frío, y el limpiaparabrisas seguía con su golpeteo, que a Spencer le recordaba el de la cuerda de tender. El artículo era largo. No tenía tiempo de leerlo entero. Quería llegar puntual a la escuela, sólo buscaba los pasajes que le informasen de alguna novedad.

Como de costumbre en estos casos, las sospechas han recaído primero en las personas con antecedentes. Por eso, desde primera hora de la tarde, la policía ha interrogado a dos vecinos de la localidad que, en el transcurso de los últimos años, se han visto implicados en delitos contra las buenas costumbres. Las comprobaciones minuciosas de sus coartadas la noche del crimen parecen haberlos descartado a los dos.

Ashby estaba estupefacto. Jamás había oído hablar de crímenes sexuales en la región. Ni una vez se había hecho alusión a ellos en las casas que frecuentaba, y se preguntaba quiénes podrían ser esos dos hombres y qué habrían hecho exactamente.

Por otra parte, según el doctor Wilburn, que se limita a dar muy pocas indicaciones, y además misteriosas, el caso podría reservar sorpresas y situarse en un plano distinto, en el que ya no se trataría de un maníaco sexual corriente.

Frunció el ceño, tuvo la impresión desagradable de que de nuevo se referían a él, le pareció ver la sonrisa repulsiva del doctor y sus ojos centelleantes de ironía feroz.

En vez de revelarnos lo que piensa o lo que ha descubierto, el doctor Wilburn nos ha hecho observar algunos puntos curiosos, como por ejemplo, que es muy raro que en ese tipo de crímenes el asesino se tome la molestia de borrar sus huellas, como también el hecho de que no hubiera allanamiento. Todavía resulta más raro...

Se saltó unas líneas, por miedo a llegar tarde. Sentía vergüenza de estar ahí parado en una especie de tierra de nadie, entre su casa y Crestview, como si se esforzase por escapar de las miradas de los dos sitios.

Lo que estaba ansioso por saber seguro que no lo imprimirían. Al principio del artículo, había dos líneas sibilinas: «Parece probado que la víctima no sufrió ninguna violencia antes de ser estrangulada, ya que, salvo las equimosis del cuello, el cuerpo no presenta heridas».

Habría preferido no pensar en ello con tanta precisión. Christine y él ni siquiera lo habían hablado. Oyendo sus conversaciones de aquella tarde noche, cualquiera habría creído que el asesinato no había tenido ningún móvil.

Y' ahora pretendían que antes del estrangulamiento no había habido violencia. Si con esas palabras el periódico se refería a violencia sexual, ¿no contradecía eso otro pasaje donde se hablaba de «asaltos repetidos»?

¿Era esto lo que le preocupaba? Pasó la página sin acabar la columna, y se fijó en un subtítulo donde se mencionaba el nombre de la señora Katz, y así fue como se enteró de que se llamaba Sheila.

Una declaración realizada espontáneamente durante la tarde podría circunscribir el campo de las pesquisas. Se preguntaban cómo había podido el asesino entrar en la casa sin dejar huellas de allanamiento en la puerta o en las ventanas. Se recordará que al volver del cine (¿?) Belle Sherman bajó al despacho de su anfitrión, Spencer Ashby, donde sólo permaneció un momento y donde fue vista con vida por última vez.

Eso no es totalmente cierto. La señora Sheila Katz, cuya casa está enfrente de la de los Ashby, acababa de levantarse del piano para relajarse un momento, hacia las nueve y media, cuando su mirada se posó en dos siluetas que se dibujaban vagamente en el camino mal iluminado. Identificó la de la muchacha, que le era conocida, pero no prestó mucha atención al hombre de bastante estatura que conversaba con ella.

Belle Sherman no tardó en entrar en la casa, cuya puerta abrió con una llave que sacó del bolso y, en vez de alejarse, el hombre permaneció de pie en el camino.

Al cabo de dos o tres minutos, la puerta volvió a abrirse. Belle Sherman no salió. La señora Katz no volvió a verla propiamente. Sólo vislumbró un brazo que le tendía un objeto al joven, que se alejó inmediatamente.

¿No podemos suponer que se trata de la llave de la casa?

La señora Ashby, por su parte, ha declarado que, cuando la joven llegó a su casa hace un mes, le entregó una llave. Ahora bien, esa llave no se ha encontrado ni en la habitación, ni el bolso, ni en la ropa de Belle.

Los detectives han pasado la tarde preguntando a una serie de jóvenes de la localidad y de los pueblos vecinos. En el momento de cerrar esta edición, nadie admite haber visto a la muchacha ni en el cine ni en ninguna otra parte.

El sonido de un claxon lo sobresaltó como si lo pillaran en falta. Era Whitaker, padre de uno de sus alumnos, que bajaba la cuesta y lo saludaba con la mano. Eso le gustó, porque el gesto le resultó familiar, cotidiano, como si no hubiera pasado nada. Pero ¿no contaría ahora Whitaker que había visto al profesor solo en su coche, parado junto a la carretera?

Emprendió la subida, de nuevo un poco triste, con una tristeza gris, sin motivo concreto, abatido, como si alguien involuntariamente le hubiese dado un disgusto. No había ni un árbol del camino que no le resultase familiar, y más familiar aún era la casa del tejado verde donde, durante años, había formado parte del clan de los solteros.

De los de aquella época ya sólo quedaba uno en Crestview, ya que con los profesores ocurre lo mismo que con los alumnos. Los júniors se convierten poco a poco en séniors. Aquellos con los que había convivido en el bungaló estaban casados, excepto un profesor de latín, y la mayoría enseñaban ahora en otros colegios. Como sucede cada año con los alumnos de los primeros cursos, ahora había profesores nuevos, que lo miraban como a un hombre mayor y no se atrevían a llamarlo por su nombre de pila.

Dejó el coche en el cobertizo, subió los escalones, se quitó los chanclos y el abrigo. La puerta del despacho de la señorita Cole siempre estaba abierta y la secretaria se levantó, agitada, al verlo llegar.

—Justamente acabo de llamar a su casa para saber si iba a venir.

Le sonreía, contenta seguramente de verlo. Pero ¿por qué lo miraba como uno mira sin querer a alguien que acaba de pasar una enfermedad grave?

—El señor Boehme estará encantado, y todos los profesores...

Más allá de una puerta acristalada estaba el pasillo donde los alumnos a esa hora se preparaban para entrar en clase y terminaban de desfogarse. En todo el edificio reinaba un olor a café con leche y papel secante que Spencer había conocido toda su vida y que era el verdadero olor de su infancia.

—¿Usted cree que puede ser alguien de aquí?

La mujer tenía la reacción que él mismo había tenido la víspera, un poco simplificada. Ya no se trataba de un crimen teórico como los que uno lee en el periódico. Había ocurrido en el pueblo, y el culpable de esa aberración era alguien de su pueblo, alguien que conocían, alguien con quien habían convivido.

—No lo sé, señorita Cole. Esos caballeros son muy discretos.

—Esta mañana han dado la noticia en la radio de Nueva York.

Con la cartera bajo el brazo, cruzó la puerta acristalada y se dirigió a su clase mirando al frente. Ahora eran los alumnos los que le daban más miedo, tal vez porque se acordaba de la mirada de Bruce. Sentía que no se atrevían a observarlo abiertamente, que lo dejaban pasar fingiendo seguir con sus conversaciones. Pero no por ello dejaban de estar impresionados, y algunos tenían un nudo en la garganta.

Porque no había ninguna prueba categórica de que fuera inocente. A menos que descubrieran al asesino y éste confesara, no existiría jamás la certeza absoluta. Incluso entonces, habría quien dudase. Y aunque no dudasen de él, le parecía que de todas formas seguiría estando mancillado.

Se había enojado con Ryan, la víspera por la mañana, durante el interrogatorio. El córoner era un hombre vulgar y bastante maleducado. Ashby lo había encontrado indecente y se había imaginado que lo detestaría durante el resto de su vida. Sin embargo, ahora casi ni se acordaba. Lo cierto es que Ryan lo había sorprendido por su agresividad o, mejor dicho, lo había decepcionado al no manifestar hacia él la solidaridad que esperaba de todo el mundo.

El doctor Wilburn, por su parte, le había hecho daño, profundamente y a sabiendas. Por su culpa todavía ahora, al colocarse delante de sus treinta y cinco alumnos, Ashby seguía viendo la imagen de Belle, la que quería olvidar, la del dormitorio, cuando habían entreabierto la puerta con cara de esperar verlo turbarse.

En ese momento, Christine también dudaba. ¿Cuántos de aquellos adolescentes que levantaban la cara hacia él estaban convencidos de que había matado a Belle?

—Adams, díganos qué sabe del comercio de los fenicios...

Paseaba despacio entre los pupitres, con las manos en la espalda, y a nadie seguramente le había llamado la atención el hecho de que toda su vida la había pasado en la escuela. Primero como alumno, naturalmente. Luego como profesor, sin que hubiera habido una auténtica transición. De modo que, cuando abandonó el bungaló del tejado verde para casarse con Christine y vivir en su casa, fue la primera vez que salió del ambiente de los refectorios y los dormitorios.

—Larson, corrija el error que acaba de cometer Adams.

—Disculpe, señor, no estaba escuchando.

—Jennings.

—Yo... Yo tampoco, señor.

—Taylor...

No solía ir a almorzar a casa, porque cada profesor debía presidir una mesa. Durante el breve recreo de las diez y media, intercambió unas palabras con sus colegas, y nadie habló del asunto. Seguía teniendo la impresión de que la gente se esforzaba por ser amable con él, salvo naturalmente los Ryan y los Wilburn. Al señor Boehme, el director, sólo lo había visto de lejos, al cambiar de despacho.

Fue en el momento en que iba a dirigirse al refectorio cuando la señorita Cole se le acercó en el pasillo y le dijo un poco azorada:

—El señor Boehme quisiera que fuera usted a verlo a su despacho.

No frunció el ceño. Era como si se lo esperase, como si ahora ya se lo esperase todo. Entró, saludó, se quedó de pie y esperó.

—Me resulta muy embarazoso, Ashby, y me gustaría que pusiera usted de su parte para hacérmelo menos difícil.

—Lo comprendo, señor.

—Ayer ya recibí dos o tres llamadas angustiadas. Esta

mañana, parece ser que la radio de Nueva York ha hablado de su caso y...—¡Había dicho *su* caso!—, y es la vigésima llamada que recibo en menos de tres horas. El tono, de todas formas, es distinto del de ayer. La mayoría de los padres parecen comprender que usted no tiene nada que ver. Su impresión es que, cuanto menos se ocupen los niños de esa historia, mejor, y seguro que usted opina lo mismo. Su presencia sólo puede...

—Sí, señor.

—Dentro de unos días, cuando haya terminado la investigación y se hayan calmado los ánimos...

—Sí, señor.

No se lo confesó a nadie, pero en ese momento, en ese preciso momento, lloró. No a lágrima viva, ni sollozando. Simplemente notó un calor en los ojos, un poco de humedad y un picor en los párpados. El señor Boehme no se dio cuenta, sobre todo porque Ashby le sonreía como dándole alas.

—Esperaré a que me avisen. Y le pido perdón.

—No es culpa suya. Hasta pronto.

Esa pequeña escena era mucho más importante de lo que el director podía suponer, mucho más importante de lo que Ashby había previsto. De Ryan, lo había soportado; incluso del doctor: seguía siendo un asunto personal, casi íntimo, que sólo le afectaba a él.

Ahora, el golpe venía de la escuela. Y, de haber podido hablar con alguien con el corazón en la mano, habría dicho... ¡No! No lo habría dicho. Esas cosas no se reconocen. Uno evita pensarlas. Se había casado con Christine. Se suponía que compartía su vida con ella. Pero cuando Belle fue a darle las buenas noches, por ejemplo, estaba torneando madera. En lo que él llamaba su cubil. ¿Cómo era ese cubil? Como el que se había arreglado en el bungaló del tejado verde. El viejo sillón de cuero ya estaba allí. En cuanto

73

a la costumbre de trabajar con el torno, la había adquirido en el taller de los alumnos.

Valía más no profundizar, no intentar saber qué significaba.

Él no era desdichado. Evitaba a la gente que se queja, casi le parecían indecentes, como los que hablan de cosas sexuales.

El señor Boehme tenía razón. Como director, no tenía derecho a actuar más que como lo había hecho. Su decisión no implicaba sospecha ni crítica alguna. Simplemente, valía más, durante un tiempo...

La señorita Cole ya lo sabía, pues cuando pasó por el pasillo, le soltó con una alegría forzada:

—¡Hasta pronto! ¡Hasta muy pronto, estoy segura!

Cómo explicar eso: en la casa de su mujer, se arreglaba un rincón parecido al de la escuela para sentirse en su propia casa, y ahora era la escuela la que lo rechazaba, al menos provisionalmente, de manera que iba a reunirse con su mujer para...

Puso el coche en marcha, tomó la primera curva demasiado cerrada y estuvo a punto de derrapar sobre el hielo. Luego condujo con más prudencia, cruzó el puente, se detuvo delante de Correos, donde en su buzón no había más que prospectos pero donde dos mujeres, dos madres de alumnos a las que saludó, lo miraron sorprendidas. No debían de formar parte de las que habían telefoneado y les sorprendía sin duda encontrarlo en la ciudad en horas de clase.

En el camino, frente a su casa, reconoció el coche de la policía estatal, y en el living se encontró al teniente Averell en compañía de Christine. Ésta lo miró con aire interrogativo.

—El director cree que es preferible que no aparezca por la escuela durante unos días. —Esbozó una ligera sonrisa.

—Tiene razón. Eso perturba a los alumnos.

—Como ve—dijo Averell—, me he permitido venir a charlar con su mujer. Antes de que llegue la señora Sherman, a la que esperan esta tarde, deseaba saber algunas cosas acerca de ella. De paso, intento hacerme una idea más precisa de su hija.

—Me voy a mi despacho—dijo Ashby.

—De ninguna manera. Necesito que se quede. Confieso que me ha sorprendido no encontrarlo aquí, pues lo ocurrido en Crestview era de prever. ¿Supongo que ha leído los periódicos?

—Les he echado una ojeada.

—Como siempre, hay cosas verdaderas y cosas falsas en lo que publican. *Grosso modo*, sin embargo, el retrato que hacen de la situación es más o menos exacto.

Christine le hacía unas señas que él comprendió al cabo de un rato y entonces propuso:

—¿Le apetece un whisky?

Ella tenía razón. Averell no lo dudó, porque intentaba hacer que su visita pareciera lo menos profesional posible.

—¿Sabe usted que lo primero que me llamó la atención, cuando me contaron el caso por teléfono, fue justamente lo del whisky? Si el crimen hubiera ocurrido en la carretera y la víctima hubiese sido una chica como las que hay en los bares, el caso habría sido diferente. Pero en esta casa...

Spencer dedujo de esa confidencia que el teniente conocía desde la víspera por la mañana el detalle del alcohol que había ingerido Belle. Por lo tanto, Wilburn había notado enseguida el olor a whisky, y tal vez había visto la botella detrás del sillón mucho antes de mostrarle el cadáver a Ashby.

También eso tenía un sentido. El doctor, en efecto, ya había debido descartar la hipótesis de un trotamundos o de un reincidente. Y el doctor había sospechado de él.

¿Había en el comportamiento de él, Spencer Ashby, algo

que pudiera afianzar esas sospechas? Por formular la pregunta en otros términos, de una manera brutal, ¿*presentaba síntomas?*

Jamás había estudiado el tema de los crímenes sexuales. Lo que sabía, como todo el mundo, lo sabía por las revistas y los periódicos.

Acababan de revelar que en la región había al menos dos maníacos, no peligrosos, puesto que no estaban detenidos, a los que se limitaban a vigilar. Suponía que eran exhibicionistas. Trataría de conocer sus nombres y observarlos.

Pero lo que le interesaba era el tipo que mata.

Él sabía a qué se refería. Todos parecían decir que, si se hubiera tratado de un habitual, un merodeador, un trotamundos, un bruto cualquiera, la cosa habría sido sencilla.

Lo que los tenía intrigados eran ciertos detalles que Ashby sólo iba descubriendo poco a poco, y algunos que todavía no hacía más que adivinar.

Primero, Belle había bebido whisky voluntariamente. Había bebido una cantidad suficiente como para suponer que no era la primera vez. ¿Era correcto?

No había ido al cine. No se había dejado acompañar por un joven ni se había despedido de él amablemente en la puerta. Cuando bajó al cubil de Ashby, había dejado a alguien esperando fuera, alguien a quien un poco más tarde fue a entregar su llave.

También eso tenía un sentido. No era la joven que se imaginaban, sino alguien que citaba a un hombre en su habitación.

Ese descubrimiento, decía el periódico, «confirmaba» las sospechas que el doctor había tenido «al examinar el cuerpo». Querían decir que ya era mujer, ¿no? Además, insinuaban que no había habido necesidad «de recurrir a la violencia».

Ashby estaba seguro de que Wilburn ya sabía todo eso desde el principio. Ahora bien, Wilburn no había descartado *a priori* la posibilidad de que él fuera el asesino.

Eso era lo que lo turbaba. Wilburn lo conocía desde hacía más de diez años, lo había tratado profesionalmente varias veces, había jugado al bridge con él, era amigo desde siempre de Christine y de su familia. Era un hombre muy inteligente y su experiencia, tanto profesional como humana, superaba de lejos la de un médico rural o de ciudad pequeña.

Ahora bien, Wilburn no había considerado imposible que Ashby fuera el hombre que había pasado una parte de la noche en el dormitorio de Belle y la había estrangulado.

Trataba de vaciar el absceso, él solo. Desde la víspera, se aplicaba a ello sin resultado. Y eso no era todo. Estaba además la sonrisa del doctor. No sólo la sonrisa de la mañana, sino la de la visita médica, a las dos, cuando Ashby estaba desnudo delante de él, proporcionaba en definitiva la prueba de su inocencia.

En ese momento también, Wilburn le sonreía *como a alguien que lo entiende*, como a alguien que puede entenderlo, en otras palabras, como a alguien *que habría podido*.

Eso era todo. Quizá no todo, pero era lo principal, lo que más le obsesionaba. Hasta el punto de que al ver a Averell sentado en su casa, con un vaso de tubo en la mano, con su cara de hombre honrado, su mirada franca y seria, sentía tentaciones de llevárselo a su cubil y preguntarle directamente: «¿Existe algo en mi físico o en mi comportamiento que indique una tendencia a cometer un acto de este tipo?».

Se lo impedían el respeto humano y también el miedo a convertirse de nuevo en sospechoso, a pesar de las pruebas. ¿Eran realmente pruebas? Así parecían indicarlo la sangre debajo de las uñas y el hecho de que Wilburn lo hubiese examinado sin descubrir el más mínimo arañazo. Pero

¿aparte de eso? ¿Tal vez el hombre al que alguien había visto en la puerta, en medio de la oscuridad, y al que Belle había entregado un objeto? Nada probaba que Belle le hubiera entregado un objeto. Y nada probaba que el objeto fuera una llave. Sólo la señora Katz había visto la escena. ¿No habría podido Sheila Katz hacer esa declaración con el fin de descartar a Ashby de las sospechas de la policía? No necesariamente por compasión. Él había pensado con frecuencia que, desde su ventana, la mujer seguía sus idas y venidas con interés, y ésa era la razón principal por la que nunca le había hablado de los Katz a Christine.

Averell decía:

—Hemos pedido al FBI que investiguen en Virginia, pues la policía local de allí no nos ha podido dar ninguna información. El único detalle que hemos obtenido es que la señorita Sherman fue detenida hace unos meses por conducir en estado de embriaguez a las dos de la mañana.

—¿El coche de Lorraine?—preguntó Christine abriendo mucho los ojos, de una forma casi cómica.

—No, el coche de un hombre casado que estaba con ella. Como es un hombre muy conocido en la región, el asunto no llegó a los tribunales.

—¿Lorraine lo sabe?

—Sin duda. No me sorprendería que su hija le hubiera dado otros disgustos. También esperamos información de las escuelas por las que ha pasado.

—¡Y yo que no me di cuenta de nada! ¡Ni ninguna de mis amigas! Porque se la presenté a la mayoría de mis amigas, sobre todo a las que tienen hijas.

¡Pobre Christine, que se asustaba de las responsabilidades que había contraído y de los reproches que le podrían hacer!

—Casi no se maquillaba, se preocupaba tan poco de sus

vestidos que yo misma me creí obligada a decirle que tenía que ser más coqueta.

Averell sonrió ligeramente.

—¿Su madre es una persona normal?

—Es un pedazo de pan. Un poco ruidosa, un poco bruta, un poco varonil, ¡pero muy franca y buenísima persona!

—¿Me podría hacer una lista, señora Ashby, de las familias en casa de las cuales introdujo a la señorita Sherman?

—Lo puedo hacer ahora mismo. No serán más de una docena. ¿Debo anotar también las familias donde no hay ningún hombre?

En el fondo, no era tan ingenua como parecía.

—No es necesario.

Mientras ella se dirigía a su secreter, en el rincón junto a la chimenea, Averell se volvió hacia Ashby y advirtió, sin segundas intenciones:

—No parece haber dormido usted mucho esta noche.

No le estaba tendiendo ninguna trampa.

—Es cierto. A decir verdad, casi no he dormido, lo que sí he tenido han sido pesadillas.

—Tal vez me equivoque, pero apostaría a que no ha tratado usted mucho a las chicas jóvenes.

—No las he tratado nada. La casualidad ha querido que las escuelas a las que asistí no fueran escuelas mixtas. Y dejé los pupitres de los alumnos para sentarme en la cátedra de profesor.

—Me gustó mucho su cubil, como usted lo llama. ¿Le importaría que le echara otro vistazo?

¿Iba a volverse en su contra, como los otros? Ashby no lo creyó. Se sintió muy feliz de hacerle los honores de su cubículo.

Averell, que tenía el vaso en la mano, cerró la puerta tras de sí.

—Fue usted quien trajo este sillón a la casa, ¿no es cierto?

—¿Cómo lo ha adivinado?

La expresión del teniente revelaba que no era difícil de adivinar. Ashby comprendía su pensamiento.

—Es lo único que he conservado de la herencia de mi padre.

—¿Hace mucho que murió su padre?

—Unos veinte años.

—¿De qué, si me permite la pregunta?

Ashby dudó, miró alrededor como para pedir consejo a los objetos familiares que lo rodeaban, y por fin levantó la cabeza en dirección a Averell.

—Prefirió marcharse. —Era curioso oírse decir eso, y añadir bajando la cabeza—: Mire, pertenecía a lo que llaman una buena familia. Se casó con una joven de una familia aún mejor. Al menos, eso decían. La conducta de mi padre no fue lo que se esperaba de él. —Señaló desganadamente la botella que había vuelto a bajar—. Sobre todo esto. Cuando tuvo la impresión de que podía caer demasiado bajo…

Se calló. El otro lo había entendido.

—¿Su madre aún vive?

—No lo sé. Supongo que sí.

Si era intencionado, resultaba de una delicadeza infinita: con un gesto aparentemente maquinal, Averell daba golpecitos en el brazo del viejo sillón de cuero como lo habría hecho con un ser vivo.

5

Eran las tres y media y en el living, donde aún no habían encendido las lámparas, empezaba a anochecer. Tampoco había luz en el pasillo, ni en ninguna otra parte de la casa salvo en el dormitorio, de donde procedían un resplandor rosa y los ruidos familiares de Christine vistiéndose para salir.

Esperaban a Lorraine, que debía llegar en el tren de Nueva York a las cuatro y veinte, y la estación distaba unos tres kilómetros. Christine iría sola. Spencer, con los ojos medio cerrados, estaba sentado delante de la chimenea donde se consumía un leño, y de tarde en tarde daba una calada a la pipa.

Fuera, la noche de invierno caía lentamente sobre el paisaje, y las escasas luces se volvían más brillantes a cada minuto que pasaba.

Christine, probablemente sentada en el borde de la cama, acababa de quitarse las zapatillas para ponerse los zapatos cuando dos faros, más blancos y más cegadores que los otros, moviéndose rápidamente parecieron entrar en la casa, iluminaron por un instante una parte del techo y se detuvieron como animales delante de la casa de los Katz. Ashby había reconocido el coche del señor Katz, cuyo chofer ya abría y cerraba las portezuelas. Más flexible que los otros, no hacía el mismo ruido, era como si sus movimientos fuesen diferentes.

Quizá el señor Katz volvía por unas horas nada más, quizá por unos días, nunca se sabía, y Spencer levantó la vista hacia las ventanas para ver si Sheila lo había oído llegar y si se había movido.

¿No era curioso que, siendo vecinos, se hubiese enterado de su nombre de pila por el periódico? Ahora que lo sabía, aún le parecía más exótica y le gustaba imaginar que procedía de una de esas antiguas familias judías instaladas en el Bósforo, en Pera.

Dormitaba, sin hacer ningún esfuerzo por mantener la mente despierta. Apenas se habían apagado los faros de la limusina como dos perrazos que se calman cuando otro vehículo, más ruidoso, apareció subiendo la cuesta, una camioneta esta vez, con el nombre y la dirección de un cerrajero de Nueva York.

Se apearon tres hombres, a los cuales Katz, muy bajo y regordete dentro de su abrigo forrado de pieles, les explicó agitando los bracitos desde el umbral lo que esperaba de ellos. En Nueva York debió de oír hablar del crimen de Belle, y por eso había venido con unos especialistas para instalar en su casa cerraduras de seguridad y quién sabe si un sistema de alarma.

—¿Voy con retraso?—preguntaba Christine, trajinando en el dormitorio.

Justo cuando iba a responder, golpearon la puerta, la sacudieron. Se precipitó a abrirla, asombrado, y se encontró en presencia de una mujer a la que no conocía, tan grande y fuerte como él, con unos rasgos que le parecieron varoniles, y que sobre un traje de chaqueta de tweed de color rojizo llevaba un abrigo de piel de gato montés.

No se fijó en todos los detalles a la vez, porque todo sucedió demasiado de prisa, pero le sorprendieron su agitación, su autoridad y el olor a whisky que exhalaba.

—Espero que Christine esté aquí.

Sólo al cerrar la puerta vio, detrás de la camioneta del cerrajero, la carrocería amarilla de un taxi de Nueva York, algo totalmente extraño allí en la nieve del camino.

—¿Quiere pagar al taxista, por favor? Acordamos el precio al salir del aeropuerto. No deje que le cobre más. Son veinte dólares.

En el dormitorio, Christine, que había reconocido la voz, exclamaba:

—¡Lorraine!

Ésta únicamente traía una maletita, que Spencer llevó a la casa tras pagar al chofer.

—¿Es verdad lo que cuenta de su hija?—le preguntó el hombre.

—Ha sido asesinada, sí.

—¿En esta casa?

Inclinó la cabeza para mirar con atención, como mira la gente en un museo, con la idea de que más tarde contarán lo que han visto. Las dos mujeres hablaban muy alto, mirándose con ganas de prorrumpir en sollozos, pero se contentaban con sorberse los mocos, y en realidad no lloraba ninguna de las dos.

—¿Es aquí?—preguntaba Lorraine, casi como lo había hecho el taxista.

Estaba obligado a compadecerla, pero se sentía un poco decepcionado. Aunque no era mayor que Christine, lo parecía. Llevaba los cabellos grises mal peinados, y tenía las mejillas cubiertas de una pelusilla incolora, más recia en la zona del mentón. Era difícil imaginar que alguna vez hubiese sido una chica joven. Y aún parecía más improbable que fuera la madre de Belle.

—¿No quieres refrescarte primero?

—No. Antes que nada, necesito beber algo.

Tenía la voz ronca. Quizá era su voz normal. Dos o tres veces, su mirada se había posado en Spencer, pero no había parecido fijarse en él más que en las paredes de la habitación. Sin embargo, sabía quién era.

—¿Está lejos, el sitio adonde la han llevado?

—A cinco minutos de aquí.

—Debo ir lo antes posible, porque tengo que tomar disposiciones.

—¿Qué vas a hacer? ¿Te la vas a llevar a Virginia?

—¡No pensarás que voy a permitir que entierren a mi hija sola aquí! Gracias. Agua no. Necesito algo más fuerte.

Bebía alcohol puro, y tenía llorosos los ojos saltones, pero resultaba imposible saber si era por la pena o por todo lo que había bebido antes de llegar. Ashby sentía cierto rencor hacia ella, pues hubiera querido que la madre de Belle fuera distinta.

Al dejar el bolso encima de la mesa, también había dejado unos periódicos que sin duda había comprado por el camino, entre otros un diario de Danbury, por donde había pasado una hora antes. El periódico hablaba de Belle, lo vio por los titulares, pero no se atrevió a cogerlo.

—¿No crees que te relajaría tomar un baño? ¿Qué tal el viaje?

—Bien, supongo. No lo sé.

La etiqueta de la compañía aérea todavía estaba pegada en el cuero de la maleta, donde se veían las marcas de tiza de la aduana.

Christine se esforzaba por llevársela. Lorraine se resistía, se hacía la sorda, y él acabó entendiendo que era por la botella que no quería abandonar. Cuando le hubo llenado de nuevo el vaso, se alejó sin dificultad llevándoselo hacia la habitación, donde las dos se encerraron.

¿Era a propósito el hecho de no dirigirle la palabra, sino sólo como a un criado, impersonalmente, para decirle que pagara el taxi? Ahora, del cuarto de baño llegaba el ruido de los grifos, de la cisterna del váter, la voz de hombre de Lorraine y la voz más clara y mate de Christine.

Allá arriba, el señor Katz, con las manos en la espalda, pasaba una y otra vez por delante del ventanal panorámico, con aspecto de estar dirigiendo un discurso a una persona invisible, seguramente acerca del trabajo que estaban realizando los obreros. A causa de la muerte de Belle, estaban rodeando a Sheila, como a un objeto precioso, de una red misteriosa de hilos protectores y, en el fondo, eso impresionaba a Ashby. Katz era calvo, tenía sólo unos pocos cabellos muy negros, azulados, recubriendo la parte superior de la cabeza. Era muy pulcro y seguramente se perfumaba.

Christine salió de la habitación llevándose un dedo en los labios, se dirigió al teléfono y marcó un número, mientras del cuarto de baño llegaba un ruido de sollozos o de alguien vomitando. Con la mirada, ella le hizo comprender que no podía decirle nada en ese momento, ni actuar de otra forma. Estaba seguro de que se sentía tan sorprendida como él, por no decir decepcionada.

—¿Oiga? ¿Es el despacho del córoner? ¿Podría hablar con el señor Ryan, por favor?—En voz muy baja, dirigiéndose a su marido—: Es ella la que quiere que telefonee… ¡Hola! Aquí Christine Ashby, señorita Moeller. ¿Podría hablar un momento con el señor Ryan? Espero, sí…—Y en voz baja de nuevo—: Quiere marcharse enseguida.

—¿Cuándo?

No tuvo tiempo de contestarle.

—¿Señor Ryan? Perdone que le moleste. Esperaba a mi amiga Lorraine esta tarde en el tren, como le había dicho, pero me ha dado la sorpresa de llegar directamente en taxi desde el aeropuerto internacional. Sí, está aquí. No, aún no hemos tenido tiempo de ir. ¿Cómo dice? No lo sé. Por supuesto, la casa está a su disposición, y si usted quiere venir a interrogarla aquí… ¿Cómo? Un segundo. Voy a preguntárselo. De todas formas, no podremos estar allí antes de una hora larga, pongamos una hora y media...

Como excusándose, le sonrió a su marido, que no se había movido y seguía dado caladitas a su pipa. Fue al dormitorio, habló con Lorraine y regresó.

—¿Oiga? De acuerdo. Ella también prefiere verlo a usted en Litchfield. Yo la llevaré. Hasta luego.

Lorraine, con la falda del traje de chaqueta pero sin blusa, con la combinación rosa moldeándole un torso de luchador, se asomó al pasillo para preguntar con una voz un poco alelada:

—¿Qué se ha hecho de mi bolsa?

—¿Tu bolso de mano?

—¡Mi bolsa de aseo!

Ashby pensaba en Belle, que se le hacía más cercana y más lejana a la vez. No se parecía a su madre ni físicamente ni de carácter. Pero ahora conocía a un ser con el cual había vivido y esto la hacía parecer más viva. Y también más niña.

Tal vez era eso, en el fondo, lo que lo incomodaba tanto desde que la encontraron muerta. Todo lo que decían de ella se refería a una mujer, inevitablemente, por lo que había ocurrido y por lo que habían descubierto después, pero en realidad no era más que una niña. Por eso, antes, no le había prestado atención. Sexualmente, para él había sido neutra. Nunca había pensado que pudiera tener senos. Y luego, de pronto, la había visto, en el suelo...

—Tenemos que dejarte, Spencer.

—Lo comprendo. Hasta luego.

—Espero que no se alargue mucho. Lorraine es valiente, pero estoy segura de que está agotada.

Lorraine miraba la botella con unos ojos grandes y turbios, y Christine no acababa de decidirse. Si no le daba de beber ahora, su amiga insistiría para que se detuvieran en un bar que seguro que verían por el camino, iluminado, junto a la carretera, un poco antes de llegar a Litchfield. ¿No era mejor satisfacer su deseo ahora, arriesgándose a que Ryan la encontrase rara? Seguro que la gente podría atribuir su estado a la emoción.

—Sólo una copa y nos vamos.

—¿Tú no bebes?

—Ahora no, gracias.

—No me gusta la forma en que me mira tu marido. Además, no me gustan los hombres.

—Vamos, Lorraine.

La ayudó a ponerse el abrigo de pieles y se la llevó hacia el coche.

Ashby se quedó un momento inmóvil y luego, como la pipa se había acabado, la vació en la chimenea y aprovechó que estaba de pie para ir a buscar uno de los periódicos que Lorraine había traído. Estaban un poco arrugados, con la tinta corrida en algunas partes. Las informaciones procedían de la misma fuente que las publicadas por los diarios de la mañana, pero en algunos puntos eran más completas, más incompletas en otros, y parecía haber algunas noticias de última hora.

Lo que lo sorprendió fue que, al mencionar a los dos hombres interrogados la víspera, los que habían sido considerados como sospechosos en primer lugar por tener antecedentes, publicaban, si no el nombre completo, sí el nombre de pila y las iniciales, cosa que le permitía reconocerlos.

La policía ha interrogado largamente a un tal Irving F., que ha podido justificar sin lugar a dudas dónde estaba a esa hora. Hace dieciocho años que F. pasó dos años en la cárcel por atentado contra el pudor y, desde entonces, su conducta ha sido irreprochable.

[…] Lo mismo ocurre con otro personaje, Paul D., quien voluntariamente, a raíz de un delito parecido, realizó una estancia bastante larga en un sanatorio y, desde entonces, no ha vuelto a dar pie…

Irving F. Era el tío Fincher, como lo llamaban, un viejo inmigrante alemán que todavía hablaba con mucho acento y que era jardinero en la propiedad de un banquero neoyorquino. Tenía al menos siete u ocho hijos, y también nietos, que vivían con la familia y, en verano, Ashby lo veía casi todos los días, porque la casa del jardinero estaba junto a la verja, en el camino a la escuela. Su mujer era bajita, con unas caderas enormes y un moño gris y duro en la parte superior de la cabeza.

En cuanto al otro, si no se equivocaba, era casi un amigo, alguien con quien coincidía en reuniones sociales y con quien en alguna ocasión jugaba al bridge. Era un tal Dandridge, un agente inmobiliario, un hombre mucho más culto de lo que hubiera cabido esperar en su profesión, y Ashby recordaba que, en efecto, hacía años había pasado un tiempo en lo que llamaron un sanatorio. Como no habían dado detalles, creyó entonces que Dandridge tenía alguna enfermedad del pulmón.

También estaba casado. Su mujer era bonita, discreta, tímida, con lo que Christine habría llamado una cara interesante. Era una de esas mujeres, ahora de repente le sorprendía, de las que no se puede decir qué tipo de cuerpo tienen debajo de la ropa. Nunca lo había pensado, pero de pronto se daba cuenta de que entre sus amistades había muchas así.

En cuanto a Christine, poseía lo que se llama formas, incluso formas opulentas, y sin embargo no daba ninguna impresión de feminidad. Al menos en el sentido que ahora tenía en mente. Y no era por la edad. Cuando la conoció, tenía unos veintiséis años; se habían tratado mucho tiempo antes de pensar siquiera en el matrimonio, en la época en que aún no se hablaba del cáncer de la señora Vaughan. En el álbum había visto fotografías suyas a los veinte años, a los dieciséis, y hasta fotografías en traje de baño. No tenía motivo para quejarse, ya que no había buscado otra cosa, pero Christine siempre había tenido a sus ojos la carne de una hermana o de una madre. Él se entendía.

Belle, no. Mientras vivía, no se había fijado, pero ahora sabía que no era éste el caso. Ni el de Sheila Katz. Y menos aún el de la secretaria de Bill Ryan, la señorita Moeller, cuyo nombre de pila ignoraba y que era tan hembra que uno se sonrojaba con sólo mirarle las piernas.

Cuando sonó el teléfono, lo miró un momento sin contestar, se decidió a regañadientes, confiado como estaba en su calor y en su propia intimidad.

—¿Diga?

—¿Spencer?—Era Christine—. Estamos en Litchfield, en casa del córoner… Mejor dicho, he dejado a Lorraine en su despacho. Cuando propuse esperar fuera, Ryan no protestó, al contrario, según me ha parecido. Te llamo desde la cabina de un *drugstore*. Como Lorraine tiene para rato, aprovecharé para comprar algo de cenar. Te llamo para que no te preocupes. ¿Cómo estás?

—Bien.

—¿No ha ido nadie a molestarte?

—No.

—¿Estás en tu cubil?

—No. No me he movido.

¿Por qué se preocupaba por él? Era amable telefoneándole, pero insistía demasiado en preguntarle qué hacía.

—No sé cómo nos las arreglaremos esta noche. ¿Crees que es decente hacerla dormir en la habitación donde le ha pasado eso a Belle?

—Pues que duerma contigo.

—¿No te impresionará a ti…?

¿Para qué hablar de todo eso? Sobre todo porque esos preparativos, como siempre, resultarían inútiles. Ellos aún no lo sabían. Christine habría debido conocer mejor a Lorraine y saber que no era el tipo de persona que deja que otros decidan por ella.

—¿Cómo está Ryan?

—Atareado. Hay varias personas esperando en su despacho. No me he fijado bien, pero he tenido la impresión de que son gente de aquí, sobre todo chicos.

—Vale más que cuelgues, porque llaman a la puerta.

—Hasta luego. Estate tranquilo.

Era el señor Holloway, quien al abrir Ashby la puerta se inclinó para saludarlo, muy educado, muy azorado, como si quisiera hacerse lo más pequeño posible para molestar menos.

—¿Ha venido a ver a Lorraine Sherman?

—No. Ya sé que ha llegado y que ahora está en Litchfield.

Su mirada se fijó en los dos vasos de whisky, el de Ashby todavía medio lleno de un líquido claro, y el de Lorraine, con restos más oscuros de whisky puro. Pareció entenderlo, y también vio el periódico de Danbury.

—¿Alguna información interesante?

—No he terminado de leerlo.

—Puede continuar. No he venido a molestarlo. Sólo le pido permiso para pasar un momento a la habitación que ocupaba la señorita Sherman. Tal vez me mueva un poco por la casa, si no ve usted inconveniente. Lo único que le pido es que no se preocupe por mí.

Su mujer y él debían de formar una pareja de viejos apacibles y tiernos, y seguro que era ella la que le tricotaba los guantes y los calcetines de lana, así como las bufandas. Quién sabe si también le hacía el nudo de la corbata por las mañanas.

—¿Le apetece una copa?

—Ahora no. Si más tarde me apetece, le prometo que se lo diré.

Conocía el camino. Por discreción, Ashby no se levantó del sillón y retomó la lectura del periódico sin saber muy bien dónde la había dejado.

Por un momento, la policía creyó tener una pista seria. Fue cuando el barman del Little Cottage, un club nocturno en la carretera de Hartford, acudió a declarar que la noche del crimen, un poco antes de las doce, una pareja se detuvo en su establecimiento en unas circunstancias que, *a posteriori*, le parecieron sospechosas.

La mujer, muy joven, tenía cierto parecido con Belle Sherman. Estaba algo alterada, tal vez enferma o ebria, y su compañero, de unos treinta años, le hablaba en voz baja, pero con insistencia, como dándole órdenes.

«Ella sacudía la cabeza para decir que no quería—dijo textualmente el barman—, y parecía tan asustada o tan cansada que estuve a punto de intervenir, pues no me gusta que se dirijan a las mujeres empleando según qué tono, aunque sea a medianoche en un bar de carretera, y aunque lleven una copa de más».

Pregunta: ¿Quiere usted decir que estaba borracha?

Respuesta: Tuve la impresión de que con dos copas más estaría grogui.

Pregunta: ¿No consumió nada en su establecimiento?

Respuesta: Se sentaron a la barra, y recuerdo que al caminar el hombre la cogía por los hombros como sosteniéndola. Quizá también era para que no se alejara de él. El hombre quería pedir cerveza. Ella le habló en voz baja. Discutieron. Yo ya estoy acostumbrado y aparté la mirada hasta que me volvieron a llamar y pidieron unos cócteles.

Pregunta: ¿Ella se bebió el suyo?

Respuesta: Se le derramó al llevárselo a los labios y ni siquiera se secó el vestido. El hombre le tendió su pañuelo y ella lo rechazó. La joven le cogió la copa de las manos y se la bebió. Él estaba exasperado. Miraba la hora, se inclinaba sobre ella, y supongo que insistía para llevársela enseguida...

Ashby levantó la vista. El señor Holloway estaba de pie en el pasillo, mirando a su alrededor como quien examina una casa que acaba de alquilar pensando dónde pondrá los muebles. Ignoraba a Spencer. Se notaba que estaba muy lejos. Caminó hasta la puerta del cubil, la abrió y luego, sin entrar, bajó la cabeza y se dirigió a la entrada principal. Parecía no ver lo que tenía delante, hasta el punto de que Ashby retiró las piernas para dejarlo pasar, y él dijo cortésmente, sin dar explicaciones:

—Gracias.

Ashby debió de saltarse luego algunas líneas.

[...] como el coche llevaba una matrícula de Nueva York, la policía iba a lanzarse por esa nueva vía cuando el barman, al mostrarle la ropa que llevaba Belle Sherman esa noche, declaró categóricamente que no era la de su clienta. La joven del Little Cottage, en efecto, llevaba un abrigo de lana de color claro adornado con pieles en el cuello y en los puños y, debajo, un vestido de seda negro o azul marino bastante arrugado.

Tras recabar información, resultó que la víctima no poseía ningún abrigo de esas características y no es verosímil que se hiciera con uno para esa noche.

El barman añadió que, al ver salir a la pareja, un cliente dijo:

—¡Pobre niña! ¡Espero que no sea la primera vez!

¿Por qué releyó ese pasaje, todo el pasaje referente al Little Cottage, cuando no era más que paja y no aportaba ningún elemento nuevo? Para la policía tal vez, pero ¿y para él? ¿No añadía vida a la imagen que se estaba haciendo de Belle? Tanto si era ella como si no la chica que se tomó un cóctel en el club nocturno, entre las dos mujeres había rasgos comunes y las dos participaban de un tipo de vida del que él sólo tenía una idea teórica.

Era curioso, por otra parte, que el periódico hubiese publicado el diálogo, como si supiese que para muchos lectores sería una revelación. Sólo eran frases banales, pero frases que sin duda habían sido pronunciadas. Alguien que jamás hubiera puesto los pies en un club nocturno tenía la sensación de estar allí. Ése era el caso de Ashby. El relato tenía para él calor humano, y hasta una especie de olor, un olor a mujer. Le evocaba los polvos que sacan a veces del bolso, la punta de la lengua que se pasan por los labios, el carmín que aprietan contra ellos, muy rojo, muy graso.

Cuando lo llevaron ante el cuerpo, el barman afirmó: «No era tan joven». Pero era muy posible que esta frase le fuera dictada por la cautela, ya que si reconocía haber servido alcohol a una menor se jugaba la licencia.

Existen cantidad de bares de este tipo en las autopistas, sobre todo cerca de las ciudades, entre Providence y Boston, por ejemplo, y—recordaba un viaje con Christine—en la carretera de Cape Cod. Los rótulos están hechos para atraer las miradas, siempre de neón, azules o rojos, raras veces violetas. El Miramar, el Gotham, El Charro, o simplemente un nombre: Nick's, Mario's, Louie's... En letras más pequeñas, de otro color, una marca de cerveza o de whisky. Y siempre, en el interior, una luz tenue, música en sordina, paneles de madera oscura y a veces, en un rincón encima de la barra, una pantalla plateada de televisión.

¿Por qué, por qué asociación de ideas le hacía eso pensar en los coches que uno ve parados de noche al borde de la carretera y dentro de los cuales vislumbra al pasar dos caras pálidas, con las bocas pegadas?

—Ahora sí aceptaría tomar una copa con usted, señor Ashby. ¿Me permite?—Se sentó, metió las gafas en su estuche y se guardó el estuche en el bolsillo—. Supongo que usted desea más que nadie vernos atrapar al culpable. Me temo que tendrá que esperar bastante. Otros que también se ocupan del caso tal vez discrepen. ¡A su salud! Por mi parte, y si le soy sincero, le diré que cada vez tengo menos esperanzas. ¿Sabe qué creo que ocurrirá? Lo que ocurre en la mayor parte de estos casos. Porque a veces parece como si existieran unas reglas que nadie conoce, pero que los acontecimientos siguen escrupulosamente. Dentro de cinco años, o dentro de diez tal vez, encontrarán a una muchacha muerta en circunstancias parecidas a las que se presentan aquí, con la diferencia de que el asesino, menos afortunado, habrá dejado un indicio. Y entonces, por comparación, por deducción, constatarán que es el mismo hombre que mató a Belle Sherman.

—¿Cree usted que reincidirá?

—Tarde o temprano. Cuando vuelvan a presentarse las mismas circunstancias.

—¿Y si no vuelven a presentarse?

—Las provocará. Pero, desgraciadamente, no será necesario, porque las Belle Sherman abundan.

—Su madre va a volver de un momento a otro—dijo Ashby, un poco incómodo.

—Lo sé. Tampoco ella puede ignorar el nombre de al menos diez amantes de su hija.

Esta vez, se sonrojó hasta las cejas.

—¿Está usted seguro?

—Fue llegar el FBI, allá en Virginia, y desatarse todas las lenguas.

—¿Su madre toleraba...?

¿El señor Holloway tenía hijos? ¿Una hija? Hablaba con una curiosa indiferencia, encogiéndose de hombros:

—Todas te contestan lo mismo, que no sabían, que no podían imaginar...

—¿Usted cree que no es cierto?

Ashby no conocería esa tarde cuál era la opinión del jefe de policía, porque en ese momento exacto de la conversación se abrió la puerta empujada brutalmente por alguien. Lorraine Sherman fue la primera en entrar, con tal impulso que apenas pudo pararse delante del pequeño señor Holloway, que se había levantado y al que a punto estuvo de tirar al suelo. Christine la seguía, cargada de paquetes. Hubo un momento de confusión. Ashby murmuró:

—El señor Holloway, jefe de policía del condado.

—Ya he visto al córoner. Supongo que con eso basta, ¿no?

No debía de ser una mujer mala, pero hoy producía el efecto de una máquina bajo presión, a la que nada es capaz de parar o de hacer retroceder.

—No tengo la intención de importunar a la señora Sherman—se contentó con decir el detective—. De todas formas, ya me iba. —Se inclinó delante de cada una de las dos mujeres y le tendió la mano a Ashby—. ¡Acuérdese de lo que le he dicho!

Se detuvo en el umbral para mirar a los cerrajeros que, a la luz de unos grandes focos, trabajaban en la puerta de los Katz. Se habría dicho que esas precauciones lo hacían sonreír.

95

—¿Sabes que Lorraine nos deja esta noche?

—¡No!—exclamó por cortesía.

—Sí, ya lo tenía pensado nada más llegar.

Christine dejó los paquetes en la mesa de la cocina, abrió la nevera y guardó los embutidos y el helado.

—Ryan la ha retenido casi tres cuartos de hora, y parece que ha hablado de Belle de una forma indecente.

—¡Déjalo ya!—la interrumpió Lorraine, impaciente y más ronca que nunca—. Es un patán. Todos son unos patanes. Porque una pobre chiquilla ha muerto...—Había visto la botella nada más entrar y ya no preguntaba nada a nadie, se servía sin importarle que el vaso fuera el del jefe de policía—. Todos los hombres son unos cerdos. Recuerda que ya te lo decía cuando estábamos en el colegio. Sólo les interesa una cosa, y, cuando la tienen, son ellos los que te reprochan que se la hayas dado. —Fijó sobre Ashby una mirada de reprobación, como si él fuera personalmente responsable—. Lo que ellos llaman amor es una necesidad de ensuciar, nada más. Y créeme, sé lo que me digo. Es como si eso los purgase de sus pecados personales y como si los hiciera más limpios.

Se bebió el whisky de un trago, le entraron náuseas y miró a Ashby para desafiarlo a sonreír. Lo curioso es que se mantenía digna, tiesa como una torre en medio del living, nada ridícula a pesar de estar borracha, impresionante incluso, hasta el punto de que, desde la cocina, Christine dejó de ocuparse de los paquetes y la miró.

—¿Crees que hablo así porque estoy borracha?

—No, Lorraine.

—Piensa lo que quieras. Dentro de un rato, tomaré el tren para Nueva York con mi hija. No irá en el mismo vagón que yo, porque está muerta. En Nueva York, tendré que esperar a mañana para salir y, cuando lleguemos a nuestra ciudad, habrá muchos curiosos para vernos desembarcar. —Pareció reflexionar—. Me pregunto si también estará su padre. —Había odio en la manera como pronunció esa palabra—. ¿A qué hora me has dicho que sale mi tren?

—A las nueve y veintitrés. Tienes tiempo de cenar y de descansar una hora.

—No necesito descansar. No tengo ganas de descansar. —Frunciendo el entrecejo, miraba a Ashby con una atención repentina—. En realidad, ¿qué he venido a hacer a esta casa?

—¿Por qué dices eso, Lorraine?

—Porque lo pienso. No me gusta tu marido.

Él trató de sonreír educadamente, de aparentar tranquilidad, y por fin se dirigió hacia la puerta del cubil.

—Ya sabía que era falso. Apenas empiezo a hablar de él y se va.

Christine debía de estar incomodísima. No era el momento de provocar una escena y hacerse reproches la una a la otra. Lorraine acababa de perder a su hija, eso no había que olvidarlo. Había hecho un viaje largo y penoso. Ryan, por lo que lo conocía, no debía de haberle ahorrado las preguntas repulsivas.

Belle había muerto en su casa, casi por culpa de ellos.

¿No tenía derecho la madre a beber y a decirle lo que se le antojara?

Pero ¿por qué razón añadió, como si le tirase una piedra a la espalda, en el momento en que Spencer cerraba la puerta tras de sí?:

—¡Ésos son los peores!

SEGUNDA PARTE

Se daba cuenta de que ya se había convertido en una manía, y eso lo humillaba. También lo humillaba ver que Christine se prestaba al juego. Era evidente que lo había entendido. Las argucias de los dos no dejaban lugar a dudas.

¿Por qué, cuando ella se marchaba para ir a la compra o por cualquier otra razón, sentía él la necesidad de salir de su cubil como un animal de su madriguera? ¿Acaso dejaba de sentirse seguro en cuanto la casa estaba vacía en torno a su guarida?

Era como si temiese ser atacado por sorpresa, sin ver venir el golpe. No era cierto. Su reacción era puramente nerviosa. Pero cuando estaba solo, prefería el living, desde donde dominaba el camino.

Se había hecho su rincón, delante del fuego, donde apilaba los troncos cada mañana, como si se hubiera vuelto friolero.

En cuanto oía subir el coche, se acercaba a la ventana, arreglándoselas para no quedar totalmente a la vista y así sorprender la expresión de Christine antes de que ésta tuviera tiempo de prepararse. Por su parte, ella no ignoraba que la acechaba, adoptaba un aire excesivamente natural, excesivamente indiferente, salía del coche, subía los peldaños y, sólo una vez abierta la puerta, fingía descubrir su presencia, preguntando con voz retozona:

—¿No ha venido nadie?

El juego tenía sus reglas, que uno y otro se ingeniaban en perfeccionar día tras día.

—No, nadie.

—¿No ha habido llamadas?

—No.

Estaba convencido de que si Christine hablaba así era para disimular su incomodidad, para amueblar el silencio que la oprimía. Antes, no sentía la necesidad de hablar sin motivo.

Como un hombre que no sabe dónde meterse, la seguía a la cocina, la miraba guardar la compra en la nevera, tratando siempre de descubrir algún signo de emoción en su rostro.

—¿Con quién te has encontrado?—preguntaba por fin, mirando para otro lado.

—Con nadie.

—¿Cómo? ¿A las diez de la mañana no había un alma en la tienda?

—Quiero decir que no había nadie en particular. O si lo prefieres, no me he fijado.

—¿O sea que no has hablado?

Era un arma de doble filo. Ella era consciente de ello. Y él también. Por eso la situación era tan delicada. Si ella admitía no haber hablado con nadie, él deduciría que se avergonzaba, o que la gente la evitaba. Si había hablado con alguien, ¿por qué no se lo confesaba enseguida y no le repetía las palabras que habían pronunciado?

—He visto a Lucile Rooney, por ejemplo. Su marido vuelve la semana que viene.

—¿Dónde está?

—En Chicago, ya lo sabes. Hace tres meses que los jefes lo mandaron a Chicago.

—¿No te ha dicho nada especial?

—Sólo que está contenta de que vuelva y que, si lo mandan otra vez, irá con él.

—¿No ha hablado de mí?

—Ni una palabra.

—¿Eso es todo?

—He visto la señora Scarborough, pero sólo la he saludado de lejos.

—¿Por qué? ¿Porque es una chismosa?

—Claro que no. Simplemente porque estaba en la otra punta de la tienda y no tenía ganas de que se me pasara el turno en la carnicería.

Ella mantenía la calma y no dejaba traslucir ninguna impaciencia. Hasta el punto de que él incluso le reprochaba que fuera tan dulce. Esperaba que acabase por traicionarse, por exasperarse. ¿Había que pensar que lo consideraba un enfermo? ¿O sabía más de lo que quería mostrar respecto a lo que tramaban contra él?

Él no tenía manía persecutoria ni abrigaba ideas extravagantes.

Simplemente, empezaba a entender.

Había sido el sábado por la mañana cuando había empezado a dudar de ella. Justamente volvía de la compra. El camino estaba resbaladizo y por eso él había mirado por la ventana, por primera vez, al menos conscientemente. Había pensado en salir para ayudarla con los paquetes. Sin embargo, al cerrar la puerta del coche, antes incluso de verlo y, por lo tanto, de saber que estaba allí (pues era la primera vez), su mirada se había detenido en un punto de la casa, cerca de la puerta, y él había tenido la impresión de que Christine recibía un shock, palidecía y se detenía un momento como para recomponerse.

Al levantar los ojos, ella lo había visto y todo había ocurrido muy rápido, como de manera automática: había aparecido una sonrisa en sus labios, que había mantenido inalterable una vez que había entrado en la casa.

—¿Qué has visto?

—¿Yo?

—Sí, tú.

—¿Cuándo?

—Hace un momento, al mirar la fachada.

—¿Qué debería haber visto?

—¿Alguien te ha dicho algo?

—Claro que no. ¿Por qué? ¿Qué deberían haberme dicho?

—Has parecido sorprendida, impresionada.

—Tal vez por el frío, porque había encendido la calefacción en el coche y al abrir la puerta me sorprendió.

No era cierto. Antes había visto a una de las criadas de los Katz mirando también ella un punto concreto de la casa. No le había dado importancia, había pensado que la chica habría visto pasar un gato. Ahora le llamaba la atención.

Christine había intentado retenerlo cuando salió, sin sombrero, sin abrigo, sin siquiera los chanclos, y estuvo a punto de resbalar en la escalera.

Lo había visto. Estaba en la piedra angular, a la derecha de la puerta, bien claro, una M enorme, pintada con alquitrán. La pintura se había corrido, haciendo que aún fuera más feo, más malo, más siniestro. ¡*Murderer*, claro, como en el cartel de la película!

Las criadas de enfrente lo habían visto. Sheila Katz había debido verlo. Su marido se había marchado después de mandar poner las nuevas cerraduras y el sistema de alarma y, cosa curiosa, desde entonces Spencer prácticamente no había vuelto a verla. Al menos no de frente. Ni cerca de la ventana. A veces de perfil, una silueta medio difuminada en el fondo de la habitación.

¿Le había prohibido Katz que mirase afuera o que se mostrase? ¿Tenía que ver directamente con Ashby? ¿Le había hablado de su vecino?

El descubrimiento del viejo señor Holloway era del día anterior, o sea del viernes. Había venido otra vez por la tarde, como de paso, y había estado un buen rato sentado en el living. Más que del caso, había hablado del tiempo y de un accidente ferroviario que había tenido lugar la víspera en Míchigan. Al final, se había levantado suspirando:

—Creo que voy a pedirle permiso para pasar otra vez unos minutos en la habitación de la señorita Sherman. Se está volviendo una manía, ¿verdad? Siempre me parece que voy a descubrir un indicio que hasta ahora no hemos sabido ver.

Había permanecido allí tanto tiempo, tan silencioso, probablemente inmóvil, porque no se oía ningún ruido, que al final Ashby había vuelto a su cubil. Christine estaba planchando en la cocina. Todas las luces de la casa estaban encendidas.

Desde que había vuelto de la escuela, no había tocado ni el torno ni el banco de carpintero. Antes, soñaba con tener algunos días libres para empezar un trabajo largo, y ahora que no tenía nada que hacer de la mañana a la noche, ni siquiera se le pasaba por la cabeza. Toda su actividad había consistido en ordenar las estanterías y los cajones. También había empezado a garabatear algunas notas, nombres, trozos de frases inconexas, dibujos esquemáticos que sólo él podía entender, si es que los entendía.

Ya tenía varias hojas. Algunas las había roto, pero había copiado ciertas anotaciones.

Cuando llamaron a la puerta, enseguida gritó que entraran, pues sabía que era el señor Holloway y le apetecía volver a verlo. Ya tenía preparados dos vasos: era una tradición que empezaba a instaurarse.

—Siéntese. Me preguntaba si se habría ido sin despedirse, cosa que me habría extrañado.

Servía el whisky, el hielo, y miraba al viejo policía sin saber cuándo debía parar de verter soda en su vaso.

—Es suficiente, gracias. Figúrese que, con gran sorpresa por mi parte, no me había equivocado.

El señor Holloway se había sentado con las piernas extendidas y el vaso en la mano en el viejo sillón de cuero que daba la misma impresión de confort íntimo que una zapatilla usada.

—Desde el principio, sin una razón concreta, algo no me cuadraba en esa historia. Creo haberle dicho entonces que probablemente nunca sabríamos la verdad. No soy mucho más optimista hoy, pero al menos hay un detalle que he sacado en claro. Habría jurado, fíjese, que la habitación aún tenía revelaciones que hacernos, por decirlo de algún modo.

Suspirando, se sacó un pequeño objeto del bolsillo del chaleco y lo dejó sobre la mesa delante de Ashby. Ni habló ni lo miró directamente, tenía la vista clavada en el vaso y bebía un trago lento de whisky.

El objeto, encima de la mesa, era una de las tres llaves de la casa.

—Usted tiene la suya, ¿no es cierto?—murmuró el policía finalmente—. Su mujer también. Belle Sherman tenía una, que es la que acabo de encontrar.

Ashby no se inmutaba. ¿Por qué habría de inmutarse? No tenía nada que ocultar, nada que temer. Sólo le incomodaba la insistencia de Holloway en no mirarlo de frente y, a causa de esto, no sabía qué actitud adoptar.

¿El descubrimiento de la llave aumentaba las sospechas que podían existir al respecto?

—¿Sabe dónde la he encontrado?

—En la habitación, según me ha dado a entender.

—Creía haber buscado por todas partes durante mis

visitas anteriores. Los especialistas, por su parte, así como los hombres del teniente Averell, se supone que no dejaron ningún rincón sin explorar. Ahora bien, hace un momento, sentado en medio de la habitación, me he quedado mirando un bolso negro metido entre unos libros en una estantería. ¿Reconoce usted este bolso?

—Sí. Belle poseía dos bolsos, el que me está mostrando, de ante, y uno de cuero que era el que usaba generalmente.

—¡Pues bien, la llave estaba en el bolso negro!

Ashby pensó en la declaración de la señora Katz. Holloway intuyó que pensaba en ello. Y a eso se refería evidentemente la siguiente pregunta del policía:

—Curioso, ¿verdad?

Ashby discutió. ¿Acaso hizo mal?

—Olvida usted que ella nunca pretendió haber visto el objeto que Belle le entregaba al hombre. Si mal no recuerdo, dijo que suponía que podía ser una llave. Ni siquiera afirmó que la persona fuese Belle Sherman.

—Lo sé. Tal vez era ella, pero el objeto seguro que no era esta llave. Por cierto, ¿sabe usted qué bolso llevaba la chica aquella noche?

Él respondió honradamente que no. No lo sabía. Era importante, se daba cuenta. Habría podido mentir. Veía que el señor Holloway, desde que había entrado en el cubil, no lo miraba como las otras veces, sino con cierta conmiseración.

—¿Usted está seguro, verdad, de no haberle abierto la puerta cuando volvió hacia las nueve y media, supuestamente del cine?

—Yo no salí de esta habitación. La vi en lo alto de los tres peldaños y me sorprendió.

—¿Llevaba el abrigo y la boina? Y por lo tanto seguramente el bolso.

—Es posible.

—Al encontrar otro bolso bien a la vista encima de la mesa de su cuarto, supusimos que era el que había usado. Y como aquel bolso no contenía la llave, concluimos que la hipótesis de la señora Katz era exacta. Desde entonces, todos los razonamientos partieron de ahí.

—¿O sea que ahora...?

—Necesariamente hay un error en alguna parte. Es una historia fea, señor Ashby, una historia lamentable, y habría preferido, en aras de mi tranquilidad, y de la de usted, que no hubiera existido. Creo que también habría preferido no encontrar esta llave. Aún no sé adónde nos conducirá, pero preveo que la gente sacará conclusiones a su manera. Puesto que la llave estaba en la casa, Belle tuvo que abrirle ella misma la puerta a su asesino.

—¿Eso es más extraño que entregarle la llave en el umbral?

—Entiendo su punto de vista, pero ya verá como la gente lo interpreta de otra forma.

Al fin se marchó, con aspecto de estar descontento de sí mismo.

La M debieron de pintarla en la piedra la noche siguiente, o sea antes de que los periódicos hablasen de la llave. No era obra de un chiquillo. Había habido que procurarse un bote de alquitrán y un pincel, salir de casa a pesar del hielo, probablemente hacer a pie todo el camino, pues no habían oído detenerse ningún coche cerca.

Tras la escena de Christine, el sábado, y el descubrimiento de la letra pintada, había habido lo de los niños. Todos los jueves había un grupo de chicos jugando fuera. Normalmente, cuando había nieve, no bajaban en trineo por el camino de ellos, sino por el de más allá, con una pendiente más pronunciada. Por lo tanto, si se habían pasado el día delante de la casa había sido a propósito. Se veía por la forma de mirar las ventanas, de darse codazos y de susurrar como si se intercambiasen secretos.

Ashby no había querido cambiar un ápice sus costumbres. Normalmente, cuando pasaba varios días en casa, era porque estaba resfriado, y entonces se arrastraba de la chimenea del living a su cubil. Esta vez, se había comportado de la misma manera, con la pipa en la boca, los pies enfundados en las zapatillas e inconscientemente, por una especie de mimetismo, había adoptado actitudes de enfermo.

Tres o cuatro veces, al mirar afuera, había sorprendido la cara de un chiquillo pegada a la ventana.

No había intentado echarlos. Tampoco Christine, que se había dado cuenta de lo que se traían entre manos. Como él, sabía que era mejor así. Hacía como si nada, no sólo con los otros, sino con él; y como casi cada día tenía una sesión del comité, o un té, o una reunión de beneficencia, seguía yendo.

A él solamente le parecía observar que no se quedaba más que el tiempo estrictamente necesario.

—¿Nadie te ha dicho nada?

—Sólo hemos hablado de los asuntos de la obra.

No la creía. Ya no la creía. Entre las notas garabateadas que tenía encima del escritorio, una decía: «¿Christ, también?». No se trataba de Cristo, sino de su mujer. Eso significaba: «¿Se pregunta como los demás si, al fin y al cabo, soy yo el culpable?».

Los periódicos no formulaban esa hipótesis, pero cada día anulaban una o varias hipótesis anteriores, de manera que el campo de las posibilidades se estrechaba.

Ninguno de los jóvenes interrogados confesaba haber visto a Belle la tarde o la noche de su muerte. El fallecimiento, según la autopsia de Wilburn, había tenido lugar a la una de la madrugada. Como Christine no había vuelto a esa hora, Ashby no tenía coartada. Los jóvenes, por su parte, sí la tenían. Eran pocos los que, después del cine, no habían vuelto a su casa, y esos pocos se habían quedado juntos comiendo perritos calientes o helados.

Les habían hecho preguntas indiscretas, de las que el periódico se hacía eco en unos términos seleccionados de forma curiosa: «Dos de los adolescentes interrogados admitieron haber tenido relaciones bastante íntimas con Belle Sherman, pero insisten en que esas relaciones fueron fortuitas».

También en lo relativo a este tema, Ashby había garabateado nombres en su escritorio. Creía conocer a todos los que habían salido con Belle. Varios de ellos eran antiguos alumnos suyos, todos hijos de amigos o de hombres que él frecuentaba.

¿Quién los había interrogado? Sin duda Bill Ryan, puesto que Christine había visto a esos chicos en la sala de espera cuando fue a Litchfield con Lorraine.

¿Qué entendía el redactor por relaciones «bastante» íntimas?

Rumiaba todas estas cosas en la soledad de su cubil. Se sentaba, con el lápiz en la mano, se pasaba los dedos por el cabello, como cuando antaño se quedaba por las noches estudiando. Maquinalmente, comenzaba a trazar arabescos en el papel, luego palabras, y a veces una cruz al lado de un nombre.

«Bastante íntimas» debía de referirse a escenas dentro del coche. Todos los citados habían podido disponer del coche de sus padres. Les era prácticamente imposible llevar a Belle a bares como el Little Cottage, donde no les habrían servido por ser menores. En estos casos, solían llevarse una botella y parar el coche al borde de la carretera. De ahí el añadido de la palabra «fortuitas».

Eso ocurría todas las tardes. Todo el mundo lo sabía,

también los padres, pero preferían fingir que lo ignoraban. ¿Acaso algunos padres de esas chicas mantenían realmente la ilusión?

Había llegado a sorprender los más mínimos ruidos de la casa. Cuando ya no los había, cuando estaba rodeado de silencio, le entraba la inquietud y salía de su cubil imaginándose que Christine estaba cuchicheando con alguien, o que conspiraban contra él.

El señor Holloway tenía razón: la aventura era extremadamente desagradable. Alguien había estrangulado a Belle. Y cada día era más evidente que no se trataba de un trotamundos ni de un vagabundo. Esa gente no pasa desapercibida y los habían perseguido por todas las carreteras de Connecticut.

Puesto que tampoco era Ashby—en definitiva, el único que estaba seguro de eso era él—, se trataba de alguien a quien Belle había introducido en la casa, alguien que probablemente formaba parte por lo tanto del círculo de sus conocidos.

Una razón de más para garabatear. Hasta entonces, la policía se había interesado sobre todo por los jóvenes. Spencer, por su parte, también pensaba en los hombres casados. Seguro que no era el único cuya mujer se encontraba fuera aquella noche. Algunos podían regresar muy tarde a casa sin que nadie lo supiera, porque dormían en habitaciones separadas.

Uno de los chicos, que confesaba «haber pasado un buen rato» con Belle una semana antes de su muerte, añadía:

—Nosotros no le interesábamos mucho.

—¿Por qué?

—Le parecíamos demasiado jóvenes.

Ashby hacía listas de nombres, y el cubil empezaba a saturarse con su olor.

A aquel sábado, del cual guardaba un recuerdo desagradable, de un gris feo, había seguido la mañana del domingo, que había servido en suma para fijar las posiciones.

Tenían costumbre de asistir al oficio. Christine era muy religiosa, una de las más activas entre las damas que se ocupaban de la iglesia, y decoraba el altar cuando le tocaba, una vez cada cinco semanas.

Había titubeado antes de decírselo mientras se vestían, y al final masculló, con una de esas ojeadas furtivas que cada vez eran más habituales en él:

—¿No crees que sería mejor que me quedara aquí?

Ella no había entendido inmediatamente su razonamiento.

—¿Por qué? ¿No te encuentras bien?

Le horrorizaba dar detalles. Su mujer casi le había sugerido que mintiera, pero eso le repugnaba.

—No se trata de mí, sino de los otros. Tal vez preferirían que yo no estuviera. Ya sabes lo que pasó en la escuela.

Ella no se lo tomó a la ligera, ya que se trataba de la religión, y telefoneó al párroco. Eso demostraba que él tenía razón al estar preocupado. También el rector titubeó.

—¿Qué ha dicho?

—Que no hay razón para que no asistas al oficio. A menos…—Se mordió los labios y se ruborizó.

—¿A menos que sea culpable, supongo?

Ahora, no tenía más remedio que ir. Lo hacía a regañadientes. Sentía que no debía, que no era su sitio, al menos no ese día. Hacía un día apagado, la nieve estaba sucia y caían gruesas gotas de los tejados; los coches, sobre todo los que llevaban cadenas, salpicaban a los lados con haces de nieve licuada.

Christine y él se dirigieron a su banco, que era el cuarto de la izquierda, cuando ya casi todo el mundo estaba en su sitio, y Ashby sintió enseguida como un vacío a su alrededor. Era tan perceptible que habría jurado que Christine podía compartir su impresión. Después él no se lo mencionó, y ella por su parte evitó el tema, como también evitó hablar del sermón.

Spencer se preguntó si el párroco había actuado con segundas al hacerlo ir. Aquel domingo, el tema que había elegido era el salmo 34, 22: «La desgracia matará al impío, y los que aborrecen al justo serán destruidos».

Pero mucho antes de que hablara, Ashby ya se sintió excluido, al menos momentáneamente, de la comunidad. ¿Tal vez no se trataba propiamente de exclusión? ¿Tal vez incluso era él el que ya no se sentía identificado con los demás?

Estaba en cierto modo en guardia frente a ellos, eso era verdad. Eran unos trescientos a su alrededor, como todos los domingos, cada uno en su sitio, cada uno con sus mejores galas, cantando los himnos cuyos números figuraban en la pizarra, mientras el armonio apoyaba las voces con su música meliflua. Christine, por su parte, comulgaba con los asistentes, abría la boca al mismo tiempo que los otros, y sus ojos tenían la misma mirada, su cara la misma expresión.

También él había cantado con los feligreses muchísimos domingos, no sólo en esa iglesia, sino en la capilla de la escuela, en las capillas de otras escuelas por las que había pasado, y también en la iglesia de su pueblo. Las palabras y la música le venían a los labios, pero no la convicción, y paseaba a su alrededor una mirada fría.

Todos estaban vueltos hacia el mismo lado, bañados por una luz uniforme y sin misterio. A medida que él volvía la cabeza para observarlos, veía moverse los ojos, únicamente los ojos, en unos rostros inmóviles.

No lo acusaban. No lo lapidaban. No le decían nada. ¿Tal vez durante años, en el fondo, no habían hecho más que tolerarlo? Ése no era su pueblo. Ésa no era su iglesia. Ninguna familia local conocía a su familia, y no había ningún antepasado suyo en el cementerio, ninguna tumba, ninguna página del registro parroquial llevaba su nombre.

No era eso lo que le reprochaban. ¿Acaso le reprochaban algo? Cabía la posibilidad de que ni siquiera pensaran en él. Eso no cambiaba nada. Estaban allí, a su izquierda, a su derecha, delante de él, detrás de él, formaban un solo bloque, eran la comunidad tal como la entendía Christine y, mirando al frente, entonaban los versículos de los himnos que surgían de las profundidades inconscientes en las que tenían sus raíces. «La desgracia matará al impío, y los que aborrecen al justo serán destruidos».

Partiendo de estas palabras, el señor Burke, el párroco, creó realmente en la iglesia un mundo palpable del que todos formaban parte. Los justos ya no eran una entidad vaga, sino el pueblo elegido que cerraba filas en torno al Señor. Los justos eran todos ellos, delante y detrás de él, a su izquierda y a su derecha, y también era Christine, que escuchaba, con los ojos claros y las mejillas sonrosadas.

¿No tenían todos los ojos límpidos, puesto que su conciencia era irreprochable?

No era cierto. Él lo sabía, sabía que no era cierto. No lo había pensado nunca. Los otros domingos no se le ocurría pensarlo, hacía lo mismo que ellos, era uno de ellos.

Ahora ya no. ¿Acaso no era a él a quien la voz sonora del pastor designaba como «el impío»? «La desgracia matará al impío…».

En la mente de todos ellos, era evidente. Eran justos, sentados en sus bancos de roble, y dentro de un momento entonarían nuevos himnos.

El impío no podía pertenecer a la cofradía. Él mismo se excluía.

El señor Burke lo explicaba con pertinencia, sin ocultar que su homilía guardaba una estrecha relación con el drama de la semana y con el malestar que se había apoderado del pueblo.

Hablaba de ello veladamente, como los periódicos al referirse a los interrogatorios, pero no por eso quedaba menos claro.

Pese a que la comunidad era sólida, el espíritu del mal merodeaba, no descansaba nunca, adoptaba todas las formas para saciar su aborrecimiento hacia el justo.

Aquel espíritu del mal no era un demonio indeterminado. Era una manera de ser a la que todo el mundo tendía excesivamente a abandonarse, una actitud peligrosa ante la vida y sus trampas, una complacencia respecto a ciertos placeres y ciertas tentaciones...

Ashby ya no oía las frases, ni las palabras, pero los amplios períodos le resonaban en la cabeza después de haber chocado, como las ondas del armonio, contra las cuatro paredes.

Sabía que todos los que lo rodeaban bebían las palabras del pastor. Eran una advertencia, por supuesto, pero les tranquilizaban. Si bien el espíritu del mal era poderoso, si bien a veces parecía llevar las de ganar, en realidad el justo triunfaba siempre. «La desgracia matará al impío...».

Se sentían fuertes y limpios. Se sentían la Ley, la Justicia, cada nueva frase que pasaba por encima de sus cabezas los agrandaba, en tanto que Ashby, en medio de ellos, se volvía cada vez más frágil y solitario.

La noche siguiente soñó con ello, y el sueño fue más angustiante aún, porque había un vacío físico a su alrededor. Las proporciones de la iglesia eran distintas. El párroco no recitaba el sermón, sino que lo cantaba como un himno, con acompañamiento de armonio.

Mientras cantaba, lo miraba a él, a Spencer Ashby, y sólo a él. Y Ashby sabía lo que esto significaba. Ambos lo sabían. Era un juego, como con Christine, pero más solemne y terrible. Se trataba ni más ni menos que de exorcizar la iglesia, y todos los justos esperaban que al marcharse confesara que el impío era él.

¿Se abalanzarían entonces sobre él para matarlo o lapidarlo?

Resistía, no por orgullo, sino por honradez, discutía su caso, sin abrir la boca, lo cual era una sensación curiosa.

Les decía con aire desenvuelto: «Os aseguro que no soy yo el que la mató. Francamente. Si lo hubiese hecho, lo diría».

¿Por qué se obstinaban? Eran justos, y por lo tanto no podían exigirle que mintiera. De lo contrario, no eran tan justos.

Pero seguían mirándolo fijamente, mientras el párroco continuaba exhortándolo. «Ni siquiera me había fijado en ella. Pregúntele a mi mujer. A ella sí la creerá. Es una especie de santa».

Sin embargo, eran ellos los que tenían razón. Él acababa confesando, porque no podía discutir eternamente. No se trataba de Belle, todo el mundo, y él también, lo sabía desde el comienzo. Se trataba del principio.

No importa qué principio. No hacía falta aclarar este punto, pues era secundario. Por otra parte, igual que los demás, él no tenía ningunas ganas de hacerlo. Quería evitar que hablaran de Sheila Katz, o de las piernas de la señorita Moeller, lo cual lo habría colocado en una situación más delicada si cabe. También por Christine, valía más evitarlo.

No sabía cómo había terminado el sueño. Se había vuelto confuso. Probablemente se había dado la vuelta en la cama. Había respirado mejor y, más tarde, había soñado con Sheila, que tenía un cuello demasiado largo, muy delgado, alrededor del cual estaban enrolladas varias vueltas de perlas, tal vez diez. Él pretendía que era el collar de Cleopatra tal como lo había visto en su manual de historia.

No era verdad, por supuesto. En la realidad, jamás había visto a la señora Katz con un collar.

También en la realidad, y con más razón, el oficio del domingo había terminado de otra forma. Christine y él habían salido a su vez, y el pastor, que estaba en la puerta, les había estrechado la mano como hacía todos los domingos. ¿Había retenido más tiempo la mano de Christine en la suya y luego había mirado a Ashby con lo que éste habría llamado una fría conmiseración?

Hacía viento. Todo el mundo se dirigía hacia los coches. La mayor parte de la gente se saludaba agitando la mano, pero ninguna mano se agitó en su dirección.

¿Para qué mencionárselo a su mujer? No podía comprender lo que él sentía. Estaba demasiado apegada a ellos, desde siempre. Mejor para ella. Era una suerte. En el fondo, a él también le habría gustado ser así.

—¿Volvemos a casa enseguida?

—Como quieras—contestó él, como si lo hubiera olvidado.

A menudo, antes de ir a comer, daban una vuelta de una hora en coche por el campo, o iban a casa de unos amigos a tomar el aperitivo. Las señas que intercambiaba la gente al subir a los coches eran para quedar.

No las había para ellos. Christine seguramente había pensado que la casa parecería vacía. No sólo la casa, sino el pueblo. Para él, en todo caso, estaba más vacío que de costumbre, hasta el punto de sentirse angustiado, como cuando sueñas que el mundo se ha quedado petrificado a tu alrededor y de repente te das cuenta de que es porque te has muerto.

—Al fin y al cabo—dijo al poner el vehículo en marcha—, es probable que ahí dentro hubiera más de veinte chicas que han hecho lo mismo que Belle.

Christine no contestó, no pareció haberlo oído.

—No sólo es probable, sino que es fatal—añadió.

Ella seguía sin decir nada.

—Ahí dentro había hombres que se acostaron con ella.

La provocaba adrede, no tanto por maldad como para sacarla de su mutismo, de su irritante quietud.

—El asesino estaba entre nosotros.

Ella no se volvió hacia él, pero dijo con una voz neutra, que raras veces empleaba con él, pero que utilizaba para poner a la gente en su sitio:

—Ya basta.

—¿Por qué? Sólo digo la verdad. El mismo pastor…

—Te he pedido que te calles.

Estuvo enfadado consigo mismo durante todo el resto del día por haberse dejado impresionar y haberle obedecido. Era como si el pastor hubiese tenido razón, con el impío rindiéndose ante el justo.

Él jamás había hecho nada malo en su vida. Ni siquiera lo que habían hecho los chicos interrogados por Bill Ryan de los que hablaban los periódicos. Algunos de sus alumnos, a los catorce años, tenían más experiencia que él a los veinte.

Por eso, tal vez, estaba tan enojado contra ellos. Aquella mañana, mientras cantaban tan convencidos, le entraban ganas de señalarlos con el dedo a uno tras otro y hacerles preguntas embarazosas.

¿Cuántos habrían podido contestar sin sonrojarse? Los conocía. Se conocían los unos a los otros. Entonces ¿por qué fingían creerse tan intachables y tan puros?

Continuaba yendo a garabatear nombres en su escritorio. Los signos cabalísticos que trazaba al lado de los nombres eran como una taquigrafía de pecados.

Ese domingo, Christine y él no tenían nada que decirse. Al contrario de lo acostumbrado, nadie los había invitado y ellos no habían invitado a nadie. Habrían podido ir al cine. Había una sesión de tarde. Tal vez por culpa de la última noche de Belle, no se les pasó por la cabeza.

Algunos coches, fingiendo equivocarse, se metían en el camino que no llevaba a ninguna parte, y las caras se pegaban a las ventanillas. Venían a ver la casa donde Belle había muerto. Venían a ver qué hacían. Venían a mirar a Ashby.

Hubo un accidente ridículo, sin importancia, y que sin embargo, a saber por qué, lo impresionó. En un momento dado, hacia las tres o las tres y media, cuando acababa de levantarse para coger el bote del tabaco que estaba encima de la chimenea, sonó el timbre del teléfono. Christine y él extendieron la mano al mismo tiempo. Él llegó primero y descolgó el receptor.

—Diga...—respondió. Tuvo la sensación clarísima de una presencia al otro lado del hilo. Incluso creyó oír una respiración, amplificada por la placa sensible. Repitió—: Diga. Aquí Spencer Ashby.

Christine, que había retomado su labor, levantó la cabeza y lo miró, sorprendida.

—¡Diga!—se impacientó él.

Ya no había nadie. Escuchó un momento más y colgó. Su mujer adoptó el tono de voz que empleaba cuando quería tranquilizarlo.

—Alguien que se equivocaba...

No era cierto.

—Ya que estás de pie, ¿por qué no enciendes la luz?

Giró los interruptores uno tras otro y se dirigió a la ventana para cerrar los estores venecianos. No lo hacía nunca sin echar antes una ojeada a las ventanas de enfrente.

Sheila tocaba el piano, vestida de rosa vaporoso, sola en la gran sala donde reinaba una luz del mismo tono que su vestido. Sus cabellos trenzados, ceñidos alrededor de la cabeza, eran muy negros, y su cuello largo.

—¿No lees?

Cogió el *New York Times* del domingo con todos sus suplementos, pero no tardó en abandonarlos y dirigirse a su cubil.

En la página donde ya había nombres y palabras inconexas, escribió: «¿Qué puede estar pensando él?».

El tiempo fluyó como las gotas que caían del tejado, luego vino la cena, el ruido de los platos en el lavaplatos, el sillón delante del fuego y por fin las luces que se apagaban en toda la casa antes de apagar la del cuarto de baño.

Después el famoso sueño.

El sueño más claro y más corto de Sheila.

Luego otro día más.

Iba adquiriendo la costumbre de apartar los ojos cuando Christine lo miraba, y ella por su parte bajaba los suyos en cuanto se sentía observada.

¿Por qué?

2

Ese miércoles no apagaron las luces en todo el día. El cielo estaba bajo, henchido por una nieve que no lograba desprenderse. Se veían guirnaldas de farolas encendidas en Main Street y en las pocas calles transversales, y algunos coches que venían de la montaña llevaban los faros encendidos.

Ashby no se había bañado. Había dudado si afeitarse. Para él era una especie de protesta el no hacerlo, el mantenerse sucio, y experimentaba cierta voluptuosidad aspirando su propio olor. Sólo con verlo merodear sin rumbo por la casa, Christine conocía su estado de ánimo y, para evitar cualquier roce, vivía de puntillas.

—¿A qué hora vas a ir a comprar?—preguntó él, que nunca se preocupaba de eso.

—Hoy no necesito ir a comprar. Ayer compré para dos días.

—¿No sales?

—Esta mañana no. ¿Por qué?

Fue entonces cuando de repente decidió lavarse y ponerse los zapatos. De paso entró en el cubil para escribir dos o tres palabras en diagonal sobre la hoja que tenía siempre encima del escritorio, y había vuelto al living cuando sonó el teléfono.

Naturalmente, descolgó enseguida, convencido de que sucedería igual que la víspera, y dijo únicamente con voz un poco átona:

—Aquí Ashby.

Se quedó quieto y no pasó nada. Su mujer, que lo observaba, no hizo ningún comentario. Él no quería mostrar que estaba impactado. Porque era igual de impactante, más incluso que la M pintada en la fachada.

—Estos señores de la policía tal vez quieran asegurarse de que no he huido—dijo en tono mordaz después de colgar.

No lo pensaba. Hablaba para Christine.

—¿Tú crees que usan medios como éste?

Con una voz más alta, que le pareció sarcástica, dijo:

—Entonces, seguro que es el asesino.

Esta vez sí lo pensaba. No sabía por qué. No se basaba en ningún razonamiento. ¿Tan extravagante era pensar que podía establecerse una conexión entre él y el hombre que había matado a Belle? Era alguien que lo conocía, que lo había observado, que tal vez aún lo observaba. Por razones de seguridad personal, no podía venir a declararle, o anunciarle por teléfono: «¡Soy yo!».

Spencer fue a buscar el abrigo y el sombrero al armario y se sentó junto a la puerta para calzarse los chanclos.

—¿Vas a coger el coche?

Ella ponía mucho cuidado en no preguntarle adónde iba, pero era una forma indirecta de averiguarlo.

—No. Sólo voy a Correos.

No había puesto allí los pies más que dos veces desde la muerte de Belle. Los demás días, era su mujer la que pasaba al volver de la compra y traía al mismo tiempo los periódicos.

—¿No quieres que vaya yo?

—No.

Valía más no contrariarlo. Algo le rondaba ese día por la cabeza, Christine lo había notado en cuanto entró en la cocina para desayunar. Antes de salir, se tomó el tiempo de llenar una pipa, de encenderla y de ponerse los guantes, sin dejar de mirar las ventanas de Sheila, donde no vio a nadie. Seguramente se hacía servir el desayuno en la cama. La había visto una vez desde el desván, adonde subió casualmente, con una lamparita rosa en la mesa de noche, y había quedado muy impresionado.

Bajó la cuesta, dobló a la derecha en Main Street, se detuvo unos instantes delante de un escaparate de aparatos eléctricos y se encontró delante de las columnas del edificio justo un cuarto de hora después de que llegara el correo. Eso quería decir que había unas quince personas en el vestíbulo, las más importantes del lugar, aquellas para las cuales el correo es fundamental, charlando mientras los dos empleados separaban los sobres y los iban metiendo en los buzones.

Desde que se despertó, tenía la convicción de que algo malo ocurriría ese día, y tal vez era para acabar de una vez, para que ocurriese lo antes posible, por lo que estaba allí. No tenía ni idea de cómo sería, y menos de dónde vendría el golpe. Daba igual, pues estaba decidido a provocarlo si hacía falta.

Había tenido otra vez un sueño desagradable, más desagradable que el sueño de la iglesia. No quería recordar los detalles. Se trataba de Belle, tal como la había visto al abrir la puerta de la habitación, pero no era exactamente Belle; tenía otra cara y no estaba realmente muerta.

Hasta Cecil B. Boehme, el director de Crestview, venía personalmente todas las mañanas a buscar el correo de la escuela. Se reconocían los coches aparcados junto a la acera. Algunos, mientras esperaban el correo, hojeaban las revistas o hablaban de política en la tienda de los periódicos. Ashby no recordaba haber visto nunca el escaparate iluminado a esa hora.

Subió los peldaños del edificio de Correos, empujó la

puerta, y a la primera ojeada reconoció a Weston Vaughan, que estaba hablando con otras dos personas, el señor Boehme justamente y un propietario de los alrededores.

A Ashby no le gustaba su primo político, y éste no le había perdonado nunca que se casara con Christine, con la que contaba como la solterona de la familia. Weston y ella eran primos hermanos, pero la hija del senador Vaughan era Christine, y Weston no era más que el sobrino.

Esto por el momento no tenía ninguna importancia; Spencer sólo supo que lo que había previsto probablemente iba a ocurrir, y se dirigió expresamente hacia Vaughan, con la mano tendida, la mirada firme, ligeramente arrogante.

Weston era un hombre importante en la región, primero porque era fiscal, después porque se dedicaba a la política, pero teniendo mucho cuidado de no presentarse él mismo, y finalmente porque su discurso era mordaz y su inteligencia cáustica.

No titubeó: miró la mano tendida, cruzó los brazos y dijo, con una voz aguda que se pudo oír desde todos los rincones de la estafeta de correos:

—Permítame, querido Spencer, que le diga que no comprendo su actitud. Ya sé que las leyes liberales de nuestro país consideran que un hombre es inocente mientras no se demuestre su culpabilidad, pero también creo que hay que tener en cuenta la decencia y la discreción. —Tal vez tenía el discurso preparado desde hacía varios días para cuando se encontrase con Ashby, y no desaprovechaba la ocasión, prosiguiendo visiblemente satisfecho—: Le han dejado libre y le felicito. Pero póngase en nuestro lugar. Supongamos que sólo haya diez probabilidades sobre cien de que sea usted culpable. Son diez probabilidades que nos ofrece usted, mi querido Spencer, de estrechar la mano de un asesino. Un gentleman no pone a sus conciudadanos ante esa tesitura. Evita suscitar los comentarios mostrándose en público, actúa de manera tan discreta como puede y espera. Eso es todo lo que tengo que decir.

Y a continuación, abrió su pitillera de plata, sacó un cigarrillo y golpeó la punta contra la pitillera. Ashby no se había movido. Era más alto que Vaughan, y más delgado. Éste, después de dejar pasar unos segundos, los más peligrosos, había retrocedido dos pasos, como para dar a entender que consideraba terminada la conversación.

Contrariamente a lo que esperaban los espectadores, Spencer no le pegó, no levantó la mano. Algunos, en su fuero interno, debían de sufrir por él. Su respiración se había vuelto más fuerte, le temblaban los labios.

No bajó los ojos. Los miró a todos, empezando por su primo político, al que sus ojos regresaron varias veces, también miró al señor Boehme, que se había vuelto de espaldas fingiendo estar ocupado en la ventanilla de los certificados.

¿Era este golpe lo que había querido recibir, lo que había venido a buscar? ¿Necesitaba la confirmación que Vaughan le había proporcionado?

Habría podido contestarle sin problemas. Cuando Christine había anunciado su boda, por ejemplo, Weston había hecho lo imposible por impedirla, sin ocultar que, en su opinión, el dinero Vaughan correspondía a los Vaughan y no a unos eventuales hijos Ashby. Había defendido tan bien la causa de sus propios hijos que Christine había firmado un testamento cuyos términos Spencer desconocía, pero que parecía haber calmado a su primo.

También era Weston quien había redactado el contrato de matrimonio, que hacía de Ashby un extraño en su propia casa.

Y ahora éste se preguntaba de pronto si era realmente

porque Christine tenía más de treinta años cuando se casaron por lo que no había tenido hijos. Siempre habían evitado hablar de ello, Christine y él, y quizá la verdad no era tan sencilla como él había creído.

Todavía el año anterior, Vaughan había recibido en mano cinco mil dólares a cambio de...

¿Para qué? No respondió nada, no dijo nada, les dio a todos el tiempo de mirarlo y después se dirigió a su buzón sacándose el manojo de llaves del bolsillo.

Estaba satisfecho de sí mismo. Se había mostrado digno, tal como se había prometido hacerlo cuando tuviera ocasión. Una nimiedad, sin embargo, había estado a punto de hacerle perder los estribos. Encima de las pocas cartas y prospectos que contenía su buzón, había una postal que resbaló y se cayó al suelo, con la imagen a la vista, y esa imagen no era otra que una horca groseramente dibujada y coloreada, con una leyenda que no se tomó el tiempo de leer.

Alguien se rio, una sola persona de las diez o quince presentes, mientras él se agachaba, recogía la postal del suelo y, sin mirarla, la echaba a la enorme papelera.

A sus ojos, lo que acababa de pasar en la estafeta de correos equivalía a una declaración de guerra. Aquello tenía que llegar, por un lado o por otro. Con la conciencia más tranquila, cruzó la calle a grandes zancadas sosegadas, entró en la tienda de los periódicos, no saludó a nadie y se tomó su tiempo.

Estaba ansioso por saber si en el futuro continuarían las llamadas misteriosas. ¿Acaso lo sabía ya el asesino de Belle? ¿Era uno de los que se hallaban en la estafeta de correos?

Subió a su casa sin apresurarse, con los periódicos bajo el brazo, fumando su pipa con pequeñas caladas azules. Desde la calle vio a Sheila en el dormitorio, o al menos una silueta que podía ser la suya, pero cuando llegó lo bastante cerca como para distinguir los detalles, había desaparecido.

¿Le contaría a Christine lo sucedido? Todavía no estaba seguro. Dependería de su inspiración. Tenía que comprobar un detalle respecto a ella. Fue por la mañana, en la cama, cuando se le ocurrió. Estaba despierto, pero aún tenía los ojos medio cerrados mientras ella se peinaba delante del tocador. Veía su cara de dos formas diferentes, al natural y en el espejo, cuando ella no se sabía observada y era totalmente ella misma, con el ceño fruncido, pensativa.

Dentro de un rato, iría a su cubil. Conservaba allí un viejo sobre amarillo que contenía fotografías de su familia y de su infancia, y sabía qué foto de su madre tenía intención de comparar con la imagen de Christine esa mañana.

Si su impresión era exacta, el destino era curioso. No tan extraordinario, en el fondo. Y quizá eso lo explicase casi todo.

También Christine, esa mañana, lo miraba acercarse a la casa desde detrás de la cortina, como él solía hacer creyendo que no la veía. ¿Estaba ya al corriente? No era imposible. Weston era capaz de haberle telefoneado desde la cabina pública.

Era una buena mujer. Lo quería, hacía lo que podía para que fuera feliz, como en sus comités para acabar con la miseria y el sufrimiento.

—¿Hay novedades en los periódicos?

—No los he abierto.

—Ryan quiere verte.

—¿Ha telefoneado?

Ella pareció turbada. Era más grave que eso, él lo había adivinado. Ahora veía el papelito amarillento encima de la mesa.

—Un hombre de la policía ha traído esta citación. Debes

pasar a las cuatro por el despacho del córoner, en Litchfield. Le he preguntado al mensajero. Parece ser que interrogan de nuevo a todos los testigos porque, al no haber encontrado nada, vuelven a empezar de cero la investigación.

A su mujer le preocupaba verlo tan tranquilo, pero él no podía remediarlo. Mirándolo a él, no pensaba en ella, ni en la investigación, ni en Belle, sino en su madre, que probablemente seguía viviendo en Vermont.

—¿Quieres que vaya contigo?

—No.

—¿A qué hora te apetece comer?

—Cuando tú quieras.

Entró en su cubil y cerró la puerta. En la hoja de papel, escribió la fecha y la hora del incidente de Correos, como si algún día eso fuera a tener importancia, y al final de la nota puso varios signos de exclamación.

Abrió un cajón, tomó el sobre y esparció ante él las fotografías. Las del niño que había sido no le interesaban; además, eran pocas, casi todas fotos de grupo que se toman en las escuelas. De su padre, Spencer sólo tenía un retrato muy pequeño a la edad de veinticinco años, en el que sonreía con una mezcla sorprendente de alegría juguetona y de melancolía.

No se le parecía, a no ser por la forma muy alargada de la cabeza y por el cuello largo con la nuez muy prominente.

Cogió lo que buscaba, la fotografía de su madre con el vestido azul de cuello alto, tomó una lupa que había encima de la mesa, pues la copia era muy pequeña, y su mirada, al examinarla, se volvió amarga.

Era difícil decir en qué se parecían las dos mujeres; no se trataba tanto de las facciones como de la expresión, era más que nada una cuestión de tipo humano.

No se había equivocado al observar a Christine mientras se peinaba. Las dos pertenecían al mismo tipo. Y en el fondo, tal vez su madre, a la que tanto había odiado, también había hecho todo lo posible por hacer feliz a su padre.

¿A su manera? Era indispensable que fuera a su manera. Estaba segura de la aprobación general, porque su manera era la del grupo. En la iglesia, podía cantar con la misma determinación que Christine sin temer que las filas de los feligreses se cerrasen ante ella.

¿Debía creer que era el instinto lo que lo había impulsado a casarse con Christine, como para ponerse bajo su protección, o mejor dicho bajo su voluntad, o como para preservarse de sí mismo?

Era verdad, siempre había temido acabar como su padre. Apenas lo había conocido. Lo que sabía de él lo sabía por su familia, sobre todo por su madre. Desde muy joven a él lo habían metido interno y generalmente pasaba los veranos en una colonia de vacaciones, o lo enviaban a casa de unas tías que vivían lejos, de modo que raras veces tenía ocasión de ver a su padre y a su madre juntos.

Su padre tenía amantes. Eso es lo que decían. Más tarde, había comprendido que no era exactamente así. En la medida en que había podido reconstruir el pasado atando cabos, su padre desaparecía de pronto durante semanas, se sumergía en cierto modo, y lo encontraban después en los lugares de mala nota de Boston, de Nueva York, incluso de Chicago o de Montreal.

No estaba solo, pero lo importante no eran tanto la mujer o las mujeres que lo acompañaban. Bebía. Habían intentado desintoxicarlo y había estado dos veces encerrado en un sanatorio. Sin duda era incurable, pues habían acabado dándolo por perdido.

Cuando su madre miraba al niño que era Spencer en aquella época, sacudía la cabeza suspirando:

—¡Con tal de que no haya heredado el carácter de su padre!

Él siempre había estado convencido de que sería como su padre. Seguramente por eso le había aterrado su muerte. Tenía diecisiete años cuando lo sacaron del colegio para el entierro. Aquella vez no era él el personaje principal. El personaje principal era el muerto en su ataúd. Pero no por eso había dejado Spencer de sentir aquel día más o menos las mismas impresiones que el pasado domingo en la iglesia. ¿No era justamente por el pasado por lo que el domingo las había sentido?

La iglesia estaba llena, pues la de su padre era una familia importante, y la de su madre, los Harness, todavía más. Alrededor del catafalco, la gente formaba como un bloque unánime de reprobación, y había un alivio evidente en la manera como el pastor hablaba de Dios, cuyos designios son inescrutables.

Dios los había librado por fin de Stuart S. Ashby. De hecho, Ashby se había disparado una bala en la boca y, detalle curioso, jamás se averiguó de dónde había sacado la pistola. Sin embargo, había habido una investigación. La policía había intervenido. El suicidio había tenido lugar en una habitación amueblada de Boston y al final habían logrado detener a la mujer que acompañaba a Ashby en el momento de su muerte y que había huido llevándose su reloj.

Incluso los pésames significaban: «¡Al fin, querida amiga, te has librado de esa cruz!».

Su padre había escribo una hermosa carta en la que pedía perdón. Su madre se la había leído a todo el mundo, tomando las palabras en su sentido literal, y sólo Spencer se había preguntado si algunas frases, que podían interpretarse de dos maneras, no eran dolorosamente irónicas.

—Espero que no bebas jamás, porque si has salido a él…

Tenía tanto miedo que no había tocado un vaso de cerveza hasta que tuvo veinticinco años. Lo que más impresión le causaba no era tal o cual vicio determinado o tal peligro concreto, sino la atracción hacia algo vago, ciertos barrios de las grandes ciudades, por ejemplo, ciertas calles, como también ciertas iluminaciones, ciertas músicas, incluso ciertos olores.

Para él, existía un mundo que era el de su madre, donde todo era paz y limpieza, seguridad y consideración, y ese mundo tenía tendencia a rechazarlo, como había rechazado a su padre.

No es eso lo que pensaba cuando era sincero: era él, en realidad, el que sentía tentaciones de volverle la espalda a ese mundo, de renegar de él, de rebelarse contra él. A veces lo odiaba.

La visión de la puerta de algunos bares, una noche de lluvia, podía provocarle vértigo. Se volvía a mirar a algunos mendigos, a algunos vagabundos, con envidia en los ojos. Durante mucho tiempo, cuando aún no había terminado sus estudios, tenía la convicción de que su destino era acabar en la calle.

¿Fue por eso por lo que se casó con Christine? Todo había terminado convirtiéndose en pecado. Había empleado la vida en huir del pecado y, hasta que se casó, se había pasado la mayor parte de las vacaciones de verano con la mochila a la espalda, como un *boy scout* mayorcito y solitario.

—La comida está servida, Spencer.

Ella había visto las fotos, pero no dijo nada. Era más inteligente y más sensible de lo que lo fue su madre.

Después de comer, se adormiló en el sillón delante del fuego, se sobresaltó al oír el teléfono, no se levantó, miró a Christine, que escuchaba y que, tras pronunciar su nombre como de costumbre, no decía una sola palabra. Cuando colgó, no supo cómo formular la pregunta y balbuceó torpemente:

—¿Es *él?*

—No han dicho nada.

—¿Lo has oído respirar?

—Me parece que sí.

Dudaba.

—¿Estás seguro de que no prefieres que te acompañe?

—No, iré solo.

—Podría aprovechar para hacer algunas compras en Litchfield mientras estés con el córoner.

—¿Qué tienes que comprar?

—Cosas de poca importancia, hilo, botones, elástico…

—Todo eso lo hay aquí.

No quería que lo acompañaran en esas condiciones. No quería que lo acompañaran en absoluto. Cuando saliera de casa de Ryan, habría anochecido y hacía tiempo que no veía una ciudad, ni siquiera una ciudad pequeña, con luces artificiales.

Fue a buscar la botella de whisky, se preparó un vaso y preguntó:

—¿Quieres?

—Ahora no, gracias. —Christine no pudo evitar añadir—: No bebas demasiado. No olvides que vas a ver a Ryan.

Él no abusaba, jamás estaba borracho. ¡Tenía demasiado miedo para eso! Lo que inquietaba a su mujer era la manera como miraba la botella, como si ya no le impresionara tanto como antes.

¡Pobre Christine! ¡Le habría gustado tanto ir con él para protegerlo! No era necesariamente por amor hacia él, sino por sentido del deber, como su madre, o también porque representaba a la comunidad. ¿No? ¿No era justo?

Tal vez no, después de todo. Él no insistía. Ella no estaba enamorada en el sentido pleno de la palabra. Era incapaz de sentir pasión. Quién sabe. Tal vez no por eso lo amaba menos.

Casi le daba pena, ya que su temor al ver a Spencer beberse el whisky se le reflejaba en la cara. Si supiese dónde encontrar un coche, era capaz de seguirlo para protegerlo de sí mismo.

¡Pues no! ¡Eso sí que no! Deliberadamente se bebió el whisky de un trago y se sirvió un segundo vaso.

—¡Spencer!

La miró como si no comprendiera.

—¿Qué pasa?

Ella no se atrevió a insistir. Tampoco su primo Weston esa mañana en Correos se había atrevido a insistir. Sin embargo, con Vaughan, Ashby no había dicho nada. Ni siquiera había adoptado una actitud amenazadora. Sólo había mirado de frente al hombre que lo humillaba, y luego se había tomado el tiempo de mirar uno a uno a los demás.

Quién sabe si el domingo, en el oficio, de haberse dado Spencer la vuelta para mirarlos a los ojos, no habrían sido ellos los que habrían dejado de repente de cantar con convicción y se habrían quedado descolocados.

—¡Aquí está otra vez, para asegurarse de que no se la han robado!—exclamó, sarcástico.

No era ese su tono habitual. Jamás hablaban de Katz, cuya limusina negra acababa en efecto de detenerse delante de su casa. Christine lo miró con sorpresa, con auténtica preocupación. Supo que la había escandalizado, pero, sin ocuparse más de ello, entró en el dormitorio para peinarse antes de salir.

Christine había estado todo el día cosiendo. ¿Acaso las mujeres no eligen este trabajo algunos días por el aire humilde y meritorio que les da?

—Hasta luego.

Se inclinó para besarla en la frente. En cuanto a ella, se las arregló para tocarle la muñeca con la punta de los dedos, como animándolo, o como para conjurar la mala suerte.

—No corras demasiado con el coche.

No tenía intención de hacerlo. No era así como quería morir. Se sentía bien, dentro de la oscuridad del coche, mirando sumergirse el mundo en el abismo luminoso de sus faros. Hacía un rato lo había decepcionado ver llegar a Katz, sobre todo porque era poco probable que esta vez fuese a quedarse unas horas nada más. Tras cada viaje, tenía la costumbre de pasar varios días en su casa, y era entonces cuando Ashby veía por las mañanas su figura gorda, odiosamente satisfecha, en la ventana del dormitorio.

Ryan debió de hacerlo adrede. Cuando Spencer llegó, a las cuatro en punto, no había nadie en la sala de espera. Fue a llamar a la puerta, entrevió al córoner sentado delante de la mesa, telefoneando, mientras la señorita Moeller quedaba enmarcada en el resquicio de la puerta y le decía:

—Tenga la bondad de sentarse un momento, señor Ashby.

Le señaló una silla en la sala de espera y allí lo tuvieron durante veinte minutos. No había entrado nadie en el despacho. Tampoco había salido nadie. Sin embargo, cuando la señorita Moeller salió por fin y lo invitó a entrar, había en un rincón un joven alto con el pelo cortado a cepillo.

No se lo presentaron. Hicieron como si no existiera. Permaneció sentado en la oscuridad, con las largas piernas cruzadas. Llevaba un traje sobrio, muy Nueva Inglaterra, tenía ese aire serio y desenvuelto de los jóvenes sabios especialistas en física nuclear. No era el caso, como supuso, pero sólo más tarde se enteró de que se trataba de un médico, un psiquiatra, al que Bill Ryan había llamado como experto.

¿Habría cambiado su actitud de haberlo sabido antes?

Probablemente no. Miraba al córoner de frente, de una forma que acabó por hacer que éste se sintiera incómodo.

Ryan no era un hombre que pudiera estar orgulloso de sí mismo cuando miraba el fondo de su conciencia. ¿Acaso, de no ser por su matrimonio, estaría donde estaba? Siempre había hecho lo que había que hacer, incluido casarse con quien había que hacerlo, apuntarse al bando correcto, reír cuando era útil reírse, indignarse cuando le pedían que se indignara.

A veces debía costarle aparentar ser un hombre austero, pues tenía una carne recia, una sangre rica, sin duda apetitos ingentes. ¿Había encontrado un medio para satisfacerlos sin problemas? ¿Era la señorita Moeller la que lo aliviaba?

—Siéntese, Ashby. No sé si está usted al corriente, pero tras una semana de investigaciones estamos donde estábamos, por no decir que hemos retrocedido. He decidido volver a empezar de cero y no es imposible que un día de estos organicemos una reconstrucción de los hechos. No olvide que es usted el testigo principal. Esta tarde, mientras está usted aquí, la policía procederá a un pequeño experimento para asegurarse de que otro testigo, la señora Katz, vio realmente lo que pretende haber visto. En resumen, esta vez vamos a trabajar en serio.

Quizá había esperado turbarlo, pero este discurso más o menos amenazador lo hizo sentirse cómodo.

—Voy a hacerle de nuevo, y en el mismo orden, las preguntas que le hice durante mi primer interrogatorio, y la señorita Moeller tomará nota de sus respuestas.

Esta vez, ella no estaba sentada en un sofá, sino delante de un escritorio, y sin embargo seguía mostrando la misma porción de sus piernas.

—¿Está usted dispuesta, señorita Moeller?

—Cuando quiera.

—Supongo, Ashby, que tiene usted buena memoria. Todo el mundo se imagina que un profesor tiene una memoria excelente.

—No recuerdo literalmente los textos, si es a eso a lo que se refiere, y soy incapaz de recitar de memoria mis respuestas de la semana pasada.

¿Era posible que un hombre como Ryan estuviera satisfecho de sí mismo? En las próximas elecciones, se convertiría en juez y, dentro de diez años, en senador del Estado, y tal vez en juez supremo de Connecticut, cobrando veinte mil dólares al año. Muchas personas, y no todas recomendables, le habían ayudado en su carrera, seguirían ayudándole y creían tener derechos sobre él.

—Según nos declaró su mujer el día del crimen, usted no salió de casa en toda la tarde noche.

—Así es.

Enseguida recuperaba las palabras. Contrariamente a lo que había creído y afirmado un poco antes, las frases habían permanecido intactas en su memoria, tanto las preguntas como las respuestas, de modo que aquello se convirtió en un juego, a semejanza de los textos que oía recitar cada año en la misma época por los alumnos.

—¿Por qué?

—¿Por qué qué?

—¿Por qué no salió?

—Porque no me apetecía.

—Su mujer le telefoneó y le dijo que... etcétera, etcétera. Si le parece, me lo salto.

—Como quiera. La respuesta es: «Así es. ¡Le contesté que me iba a acostar!». ¿Es eso?

La señorita Moeller aprobaba con la cabeza. Las réplicas se encadenaban. Algunas, vistas ahora, lo sorprendían.

—¿No vio a la muchacha?

—Vino a darme las buenas noches.

Eso le recordaba un sueño que uno tiene por segunda vez preguntándose si la similitud durará hasta el final.

—¿Le anunció que iba a acostarse?

Miró al desconocido en su rincón con la impresión de que éste lo observaba de una forma más especial que antes, y eso le hizo olvidar su réplica. Improvisó.

—No oí lo que dijo.

La primera vez, su explicación había sido más larga. Tal vez a causa del repentino interés del hombre al que no le habían presentado, o también a causa de la palabra «acostarse», que había sido evocadora, volvía a ver a Belle en el suelo, y todos los detalles.

—¿Se siente cansado?

—No, ¿por qué?

—Parece fatigado, o preocupado.

Ryan se había vuelto hacia su compañero para intercambiar una mirada y, retrospectivamente, eso tenía su explicación.

«¡Ya lo ve!», había debido decirle.

Foster Lewis, tal era su nombre, no habló. No tomó la palabra ni una sola vez. Probablemente su intervención no era oficial. Ashby no conocía la ley, pero suponía que un peritaje oficial se habría producido en otro sitio, en un hospital o en una consulta, no en presencia de una joven, aunque fuera la secretaria del córoner.

Por cierto, ¿para qué necesitaba Ryan la opinión de un psiquiatra? ¿Porque el comportamiento de Ashby le había parecido anormal? ¿O simplemente porque, en su opinión, el asesinato de Belle sólo podía haber sido obra de un desequilibrado y solicitaba el dictamen de un experto acerca de todos los sospechosos?

Aún no se hacía todas esas preguntas. Aún estaban ocupados con el viejo texto.

—¿Qué hora era?

—No lo sé.

—¿Más o menos?

—No tengo la menor idea.

—...

—...

—¿Ella regresaba del cine?

—...

Se saltaban algunas réplicas. Se acercaban al final.

—¿Llevaba puestos el abrigo y el sombrero?

—Sí.

—¿Cómo?

Había contestado sin pensar, se había equivocado. Rectificó.

—Perdón. He querido decir que llevaba su boina oscura.

—¿Está seguro?

—Sí.

—¿No recuerda su bolso?

—...

—...

—¿Tenía novios?

—Tenía amigos y amigas.

Ahora sabía que no era cierto. Dos chicos, al menos, se habían acostado con ella. Quizá no del todo, si no el periódico habría usado otras palabras.

—¿En qué piensa?

—En nada.

—¿Sabe si alguno era particularmente asiduo?

—Yo...

—Le escucho. ¿Usted...?

—¿Debo contestar como la última vez?

—Conteste la verdad.

—He leído los periódicos.

—Sabe por tanto que tenía novios.

—Sí.

—¿Cuál fue su reacción al enterarse?

—Al principio, de incredulidad.

—¿Por qué?

Ya no seguían para nada el texto. Habían descarrilado tanto el uno como el otro. Spencer improvisaba, miró a Ryan a los ojos y declaró:

—Porque durante mucho tiempo creí en la honradez de los hombres y en el honor de las muchachas.

—¿Quiere decir que ya no cree en ello?

—En lo que se refiere a Belle Sherman, por supuesto que no. Usted conoce los hechos, ¿verdad?

Entonces el córoner preguntó, adelantando su cara gorda y reluciente:

—¿Y usted?

3

Pasaron a otro orden de preguntas, respecto a las cuales Ryan tenía unas notas de otra letra que no era la suya en una hoja de papel. Antes de seguir, se volvió hacia Foster Lewis, que en su rincón conservaba el mismo aire ausente, y decidió con bastante torpeza:

—Creo, señorita Moeller, que esta parte del interrogatorio puede ir a mecanografiarla a su despacho.

¿Cómo la llamaba en la intimidad? Tenía unos ojos grandes, unos labios grandes, unos pechos grandes, un trasero grande que meneaba al caminar. Al pasar por delante de Ashby, lo miró como seguramente miraba a todos los hombres, con una mirada encendida, se contoneó y desapareció en la habitación contigua dejando la puerta entreabierta.

Ashby estaba muy cómodo. Incluso fue a vaciar la pipa en un cenicero que había encima del escritorio, casi debajo de las narices del córoner, el cenicero que éste usaba para su cigarro; no volvió a su sillón hasta después de haber llenado y encendido otra pipa, y cruzó las piernas como el personaje mudo del pelo a cepillo.

—Observará que a partir de ahora ya no voy a anotar sus respuestas. Las preguntas que quiero hacerle son, en efecto, de un orden más personal.

Parecía esperar que Ashby protestara, pero éste se abstuvo de hacerlo.

—¿Puedo preguntarle antes que nada de qué murió su padre?

Lo sabía. Debía de figurar en el papel que tenía delante y cuya letra demasiado pequeña o escrita de cualquier

manera le costaba leer. ¿Por qué tenía tanto interés en ha-
cérselo decir? ¿Para conocer sus reacciones?

A fin de demostrar que lo había entendido, Ashby se volvió al contestar hacia el rincón donde estaba Lewis.

—Mi padre se mató disparándose con una pistola en la
boca.

Foster Lewis permanecía indiferente, lejano, pero Ryan
hacía pequeños movimientos de cabeza como algunos profesores que, en los exámenes orales, animan a sus alumnos
preferidos a continuar.

—¿Sabe usted por qué lo hizo?

—Supongo que estaba harto de la vida, ¿no?

—Quiero decir: ¿le había ido mal en los negocios, o bien
se encontraba ante dificultades en cierto modo accidenta-
les?

—Al decir de mi familia, había derrochado su fortuna y
una buena parte de la de mi madre.

—¿Quería usted mucho a su padre, señor Ashby?

—Lo conocí poco.

—¿Porque raras veces estaba en casa?

—Porque yo casi siempre estuve interno.

Este tipo de preguntas eran las que se esperaba desde
que vio el papel, y también por la expresión de Ryan. Comprendía lo que éste y su compañero buscaban, y eso no lo
impresionaba; pocas veces se había sentido tan lúcido, tan
confiado.

—¿Qué idea se hizo usted de su padre?

Sonrió.

—¿Usted qué cree, señor córoner? Supongo que no se
entendía con los demás y que los demás no lo apreciaban.

—¿A qué edad murió?

Tuvo que buscar unos segundos en su memoria y el resultado lo sorprendió; dijo, como con pudor:

—Treinta y ocho años.

Tres años menos de los que él tenía ahora. Le daba apuro pensar que su padre no había vivido tanto como él.

—Supongo que prefiere que no insista en un tema que debe resultarle doloroso.

No, doloroso no, ni siquiera desagradable. Pero tenía la impresión de que valía más no decírselo.

—En las escuelas por las que pasó, señor Ashby, ¿hizo usted muchos amigos?

Se tomó la molestia de reflexionar. Por muy confiado que se sintiera, no se tomaba el asunto a la ligera.

—Compañeros, como todo el mundo.

—Hablo de amigos.

—No muchos. Muy pocos.

—¿Ninguno?

—Ninguno, en efecto, si tomamos la palabra en su sentido estricto.

—¿Lo cual equivale a decir que era usted más bien solitario?

—No, no precisamente. Pertenecí a los equipos de fútbol, de béisbol y de hockey. Incluso interpreté obras de teatro.

—Pero ¿buscaba usted la compañía de sus camaradas?

—Tal vez ellos no buscaban la mía.

—¿Por culpa de la fama de su padre?

—No lo sé. Yo no he dicho eso.

—¿No cree, señor Ashby, que el tímido o susceptible era usted? Siempre se le consideró como un alumno brillante. En todos los centros por los que pasó, dejó el recuerdo de un chico inteligente, pero introvertido, tendente a la melancolía.

Encima del escritorio podía ver unas hojas con membretes de diferentes escuelas. Habían escrito realmente a los centros por los que había pasado para tener informaciones de primera mano acerca de él. ¿Quién sabe? ¿Ryan tal vez tenía a la vista sus notas de latín de su último año de secundaria, y los comentarios de aquel director de la barbita que le aconsejaba hacer carrera en un laboratorio?

Según los periódicos, habían interrogado no sólo a todos los jóvenes y a la mayoría de las chicas del pueblo, sino a los asiduos al cine, a los vendedores de gasolina, a los encargados de los bares de varias millas a la redonda. También en Virginia, el FBI había hurgado en el pasado de Belle, incluido su pasado escolar, involucrando así a centenares de personas.

Ahora bien, todo eso, ese trabajo gigantesco, había requerido apenas ocho días. ¿No era un gasto de energía sorprendente? Le recordaba una película científica que habían proyectado hacía poco en la escuela, donde se mostraba la formidable movilización de los ejércitos de glóbulos blancos cuando se aproximaban microbios foráneos.

Miles de personas morían cada semana en accidente de carretera, miles agonizaban cada día en su cama, y eso no provocaba ninguna fiebre en el cuerpo social. Pero una chiquilla, una Belle Sherman, era estrangulada, y todas las células entraban en efervescencia.

¿No era acaso porque la supervivencia de la comunidad, por emplear la expresión de Christine, estaba en juego? Alguien había infringido las reglas, se había marginado, había desafiado las leyes, y había que atraparlo y castigarlo porque era un elemento de destrucción.

—¿Sonríe usted, señor Ashby?

—No, señor córoner.

Lo llamaba adrede por su título, y eso desconcertaba a Ryan.

—¿Este interrogatorio le parece divertido?

—En absoluto, se lo aseguro. Comprendo su deseo de comprobar mi equilibrio mental. Observará que he respondido lo mejor que he podido a sus preguntas. Y estoy dispuesto a continuar haciéndolo.

También Lewis había sonreído sin querer. Ryan no tenía el tacto necesario para llevar a cabo una operación de este tipo. Él mismo se daba cuenta, se removía en la silla, tosía, aplastaba el cigarro en el cenicero y encendía otro, escupiendo la punta al suelo.

—¿Se casó usted tarde, señor Ashby?

—A los treinta y dos años.

—Es lo que actualmente se llama tarde. Y hasta entonces, ¿tuvo usted muchas aventuras?

Spencer se calló, desconcertado.

—¿No ha oído mi pregunta?

—¿Debo responder?

—Eso lo tiene que juzgar usted.

La señorita Moeller debía de estar escuchando desde la habitación contigua, cuya puerta seguía entreabierta y donde no se oía el ruido de la máquina de escribir. ¿Qué más le daba a Ashby, al fin y al cabo?

—Si entiendo bien la palabra que usted emplea, no tuve aventuras, señor Ryan.

—¿Flirteos?

—No. Eso sí que no.

—¿Tenía usted tendencia más bien a evitar la compañía de las mujeres?

—No las buscaba.

—¿Implica esto que hasta que se casó no había tenido usted relaciones sexuales?

Se calló otra vez. ¿Por qué no decirlo todo?

—No es exacto. Alguna tuve.

—¿A menudo?

—Pongamos unas diez veces.

—¿Con chicas jóvenes?

—No.

—¿Con mujeres casadas?

—Con profesionales.

¿Era eso lo que querían hacerle confesar? ¿Acaso era tan extraordinario? No había querido complicarse la existencia. Una sola vez... Pero no se lo preguntaban.

—Desde que se casó, ¿tuvo relaciones con otras mujeres que no fueran la suya?

—No, señor Ryan.

De nuevo se mostraba juguetón. Un hombre como Ryan lograba darle sin querer una sensación de superioridad que raras veces había experimentado.

—Supongo que me dirá que nunca se interesó por Belle Sherman durante el tiempo que pasó bajo su techo.

—Por supuesto. Apenas me di cuenta de su existencia.

—¿No ha estado usted nunca enfermo, señor Ashby?

—El sarampión y la escarlatina cuando era niño. Y una bronquitis hace dos años.

—¿No ha tenido trastornos nerviosos?

—No, que yo sepa. Siempre me he considerado una persona mentalmente sana.

Quizá hacía mal en adoptar esta actitud. Esa gente no sólo se defiende, sino que no tiene muchos escrúpulos al elegir las armas, porque ellos son la ley. En este caso, ¿tanto les importaba encontrar al culpable? ¿No serviría un culpable cualquiera?

¿De qué se trataba? De castigar. Pero ¿castigar de qué?

Ashby, en realidad, ¿no era tan peligroso desde su punto de vista como el hombre que había violado y estrangulado a Belle? Éste, según el viejo señor Holloway, que tenía experiencia, se mantendría tranquilo durante años, llevando una existencia bastante ejemplar para que nadie tuviera la tentación de sospechar de él. Tal vez un día, dentro de diez o veinte años, si la ocasión se presentaba, volvería a hacerlo.

¡No tenía importancia, ya que no era la víctima lo que contaba y cadáveres había muchos!

Era una cuestión de principios. Y desde hacía una semana, estaban convencidos de que Spencer Ashby, profesor en la Crestview School, había dejado de ser uno de los suyos.

—Creo que no tengo más preguntas.

¿Qué iban a hacer? ¿Detenerlo enseguida? ¿Por qué no? Tenía un nudo en la garganta, porque a pesar de todo era algo impresionante. Incluso empezaba a arrepentirse de haber hablado con tanto desparpajo. A lo mejor los había ofendido. A nada le teme tanto esa gente como a la ironía. Es recomendable contestar seriamente a las preguntas que ellos consideran serias.

—¿Qué opina usted, Lewis?

Fue entonces cuando por fin se pronunció el nombre, cuando Ryan descubrió su juego, adoptando un aire bonachón, un poquito travieso.

—Seguramente ha oído usted hablar de él, Ashby. Foster Lewis es uno de los jóvenes psiquiatras más brillantes y le he pedido, como amigo, que asistiera a algunos de los interrogatorios relacionados con este caso. Todavía no sé qué piensa de usted. Observará que no hemos celebrado ningún conciliábulo en voz baja. Por mi parte, considero que ha pasado usted brillantemente el examen.

El médico se inclinó sonriendo educadamente.

—El señor Ashby es sin duda alguna un hombre inteligente—dijo a su vez.

Y Ryan añadió, no sin cierta ingenuidad:

—Confieso que me ha gustado verlo más tranquilo que

la última vez. Cuando lo interrogué en su casa, estaba tan tenso, tan... intenso, por decirlo así, que me causó una impresión penosa.

Los tres estaban de pie. No parecía que fuesen a detenerlo aquella tarde. A menos que Ryan, demasiado cobarde para actuar de frente, lo hiciera detener por el sheriff al llegar al pie de la escalera. Era capaz.

—Esto será todo por hoy, Ashby. Sigo con la investigación, como está mandado. Continuaré todo el tiempo que sea necesario.

Le tendió la mano. ¿Era buena señal o mala? Foster Lewis tendió a su vez una mano larga y huesuda.

—Ha sido un placer.

La señorita Moeller no salió del despacho contiguo, donde se había puesto por fin a teclear. El edificio había tenido tiempo de vaciarse y algunas lámparas, solas, permanecían encendidas, sobre todo en los pasillos y en el vestíbulo. Había puertas abiertas que daban a habitaciones vacías donde cualquiera habría podido curiosear en los expedientes sin ser molestado. Era una sensación extraña. Entró por error en una sala de juicios que tenía las mismas paredes blancas, los mismos paneles de roble, los mismos bancos, la misma simplicidad austera que su iglesia.

Decididamente nadie lo detenía. Nadie lo acechaba junto a la salida. Nadie lo seguía tampoco por la calle principal, donde en vez de dirigirse a su coche buscó un bar con la mirada.

No tenía sed. No le apetecía especialmente el alcohol. Era un acto totalmente deliberado, muy frío, lo hacía como una especie de protesta. Un rato antes, en presencia de una Christine preocupada, ya había apurado adrede dos vasos de whisky.

Si había insistido tanto en acompañarlo a Litchfield, ¿no

era por miedo a que tuviera la tentación de hacer… lo que estaba haciendo?

No del todo, no había que pensar mal de ella. En previsión de que el interrogatorio fuese desagradable, de que él se sintiese luego deprimido, se había ofrecido para estar allí y darle ánimos.

Pero también, de todas formas, para impedir que bebiera. ¡O que hiciera algo peor! No estaba tan segura de él. Pertenecía al bloque. Spencer estaba por decir que era una de sus piedras angulares.

En principio, tenía confianza en él. Pero ¿no había momentos en que reaccionaba como su primo Weston o como Ryan?

Porque Ryan no lo creía inocente en absoluto. Por eso precisamente se había mostrado tan jovial al terminar. Estaba convencido de que Ashby había empezado a hundirse. Ya sólo era una cuestión de tiempo, de astucia, y él, Ryan, acabaría por atraparlo y por entregarle al fiscal general un caso irrebatible.

Caían unos copos de nieve ligeros. Las tiendas estaban cerradas, los escaparates iluminados, y en el de una tienda de confección para mujeres, tres maniquíes desnudos se erguían de una forma extraña, como si saludaran con una reverencia a los transeúntes.

Había un bar en la esquina, pero corría el riesgo de encontrarse con gente conocida y no tenía ganas de hablar. Tal vez Ryan y Foster Lewis estaban allí discutiendo su caso. Prefirió andar hasta el tercer cruce y entrar por fin en el calor y la luz suave de un local en el que jamás había puesto los pies.

La televisión estaba encendida. En la pantalla, un señor sentado delante de una mesa leía el último boletín de noticias levantando a veces la cabeza para mirar de frente, como

148

si pudiera ver a los espectadores. En un extremo de la barra, dos hombres, uno de ellos vestido con un mono, discutían sobre la construcción de una casa.

Ashby se acodó en el mostrador, miró las botellas débilmente iluminadas y acabó por señalar una, de una marca de whisky que no conocía.

—¿Es bueno?

—Se vende, por lo tanto será que a algunos les gusta.

Los otros no sospechaban el efecto que le producía estar allí. Estaban acostumbrados. Ignoraban que hacía años que no había estado en un bar y que, además, eso había ocurrido pocas veces en su vida.

Un detalle lo fascinaba: el mueble barrigudo, vidriado, lleno de discos y de engranajes brillantes alrededor del cual giraban unas luces rojas, amarillas y azules. Si la televisión no hubiese estado encendida, habría metido una moneda para ver funcionar el aparato.

Para la mayoría de la gente, era un objeto familiar. Para él, que sólo lo había visto una vez o dos, tenía, a saber por qué, algo de vicioso.

También el whisky, cuyo sabor no era el mismo que en su casa. Y el ambiente, la sonrisa del barman, su chaquetilla blanca almidonada, todo eso formaba parte de un mundo prohibido.

No se preguntaba por qué estaba prohibido. Algunos amigos suyos frecuentaban los bares, Weston Vaughan, el primo de Christine, considerado sin embargo un hombre muy decente, iba de vez en cuando a tomar un cóctel. Christine tampoco se lo había prohibido nunca.

Era él, él mismo, el que se había impuesto unos tabús. ¿Tal vez porque ciertas cosas no tenían el mismo significado para él que para los demás?

¡El ambiente en el que se encontraba en ese momento, por ejemplo! Acababa de hacer una seña para que volviesen a llenarle el vaso. Lo grave no era eso. El bar se encontraba en una calle de Litchfield, a casi veinte kilómetros de su casa. Pues bien, para él, a causa del ambiente, del olor, de esas luces alrededor del fonógrafo, era como si no estuviese en ningún sitio, como si de repente hubiese roto amarras.

Era raro que viajasen de noche en automóvil, Christine y él, pero había ocurrido. Una de esas veces habían ido a Cape Cod. En la autopista había dos carriles, y a veces tres, en cada sentido, con los faros que te metían las luces en la cabeza, unos abismos negros a los dos lados, a veces solamente el islote tranquilizador de una gasolinera, otras esos rótulos de neón, azules y rojos, que anunciaban bares o *night clubs*.

¿Christine había adivinado alguna vez que eso le daba vértigo? Un vértigo físico, primero. Siempre le parecía que acabaría por estamparse contra una de esas máquinas que sólo lo esquivaban de milagro y que pasaban por su izquierda con un ruido continuo, amenazador.

Era tan ensordecedor que tenía que gritar para hacerse oír por su mujer.

—¿Doblo a la derecha?

—No, a la siguiente.

—Pero hay una señal.

También ella le gritaba al oído.

—¡No es ésta!

A veces hacía trampas. ¿No era raro hacer trampas contra una regla que no existía, que nadie había establecido? De repente pretendía que tenía que parar por una necesidad fisiológica, y eso le permitía sumergirse por un instante en la atmósfera espesa de un bar, sorprender a unos hombres acodados con la mirada perdida, a unas parejas en el claroscuro de los reservados.

—¡Un whisky!—encargaba al pasar.

Porque, como por decencia, se dirigía corriendo a los aseos. A menudo estaban sucios. A veces había palabras escritas en las paredes y dibujos obscenos.

¿Qué referencias habría habido de noche en las autopistas, de no ser por esos establecimientos y por las gasolineras? Era lo único que estaba iluminado. Los pueblos y las pequeñas ciudades casi siempre estaban apartados y medio dormidos.

A veces, cerca de uno de los bares, se destacaba una silueta levantando el brazo en la oscuridad al paso de los coches, y uno fingía no verla. En ocasiones se trataba de una mujer que solicitaba ser transportada más lejos y estaba dispuesta a pagar el precio que le pidieran.

¿Para ir adónde? ¿Para hacer qué? No tenía importancia, eran miles los hombres y mujeres que vivían así junto a la carretera.

Aún resultaba más impresionante oír la sirena de un coche de la policía que se detenía bruscamente con un frenazo ruidoso delante de una silueta que se llevaban como si fuera un maniquí. La policía recogía los muertos de la misma forma, los muertos por accidente y los otros, y en determinados bares los hombres de uniforme entraban blandiendo las porras.

Una vez, de madrugada, cuando aún no había salido el sol y estaba atravesando las afueras de Boston, fue testigo de una especie de asedio: un hombre solo en un tejado, y todas las calles de alrededor llenas de policías, bomberos, escaleras y focos.

No les había hablado de eso a Ryan y a Foster Lewis. Mejor así. Sobre todo porque, en la escena de Boston, fue el hombre del tejado el que le dio envidia.

El barman lo miraba con aspecto de preguntarle si deseaba una tercera copa, tomándolo por uno de esos borrachos solitarios que entran a llenar el depósito en pocos minutos y se marchan satisfechos, con unos andares blandos. Hay muchos. También los hay que buscan pelea y otros que lloran.

Él no pertenecía a ninguna de esas dos categorías.

—¿Cuánto es?

—Un dólar veinte.

No por marcharse de allí tenía la intención de volver a casa. Quizá era la última noche antes de que Ryan decidiera detenerlo. Lo que sucedería entonces lo ignoraba. Se defendería, contrataría a un abogado de Hartford. Estaba convencido de que no llegarían a condenarlo.

Mientras caminaba por la calle, pensó en Sheila Katz, porque una niña judía se cruzó con él del brazo de su madre. Se volvió para mirarla: también tenía un cuello largo y delgado. Llenó una pipa, vio enfrente el interior brillante de una cafetería. Todo era blanco, las paredes, las mesas, el bar, y en medio de todo ese blanco estaba la señorita Moeller sola comiendo en la barra. La vio de espaldas. Llevaba un gorro de ardilla en la cabeza y pieles también adornando el abrigo.

¿Por qué no iba a entrar? Le daba la impresión de que en cierto modo aquél era su día, de que tenía derecho a todo. Su escapada era premeditada. Al besar a su mujer en la frente, sabía que aquella tarde no sería como las demás.

—¿Cómo está usted, señorita Moeller?

Ella se volvió, sorprendida, con un perrito caliente chorreando mostaza en la mano.

—¿Es usted?

No tenía miedo. Estaba un poco sorprendida, sin duda, de que un hombre como él frecuentase ese restaurante.

—¿Quiere sentarse?

Claro que sí. Y pidió café y también un perrito caliente. Se veían los dos en el espejo. Era divertido. La señorita Moeller parecía encontrarlo gracioso, y eso no le desagradaba.

—¿No está usted demasiado enfadado con mi jefe?

—No estoy nada enfadado. El hombre hace su trabajo.

—Muchos no se lo toman así. En cualquier caso, lo ha hecho usted muy bien.

—¿Eso cree?

—Cuando los he vuelto a ver, los dos parecían muy satisfechos. Pensé que volvería usted enseguida a casa.

—¿Por qué?

—No lo sé. Aunque fuera para tranquilizar a su mujer.

—No está intranquila.

—Entonces, digamos que por costumbre.

—¿De qué costumbre habla usted, señorita Moeller?

—Tiene usted una manera curiosa de hacer las preguntas. Pues la costumbre de estar en su casa. No me imaginaba que usted…

—Que yo fuera un señor al que se puede uno encontrar en la ciudad después de la puesta del sol, ¿es eso?

—Más o menos.

—Sin embargo, salgo de un bar donde me he tomado dos whiskies.

—¿Solo?

—¡Desgraciadamente, sí! Aún no la había encontrado a usted. Pero, dentro de un rato, si me lo permite, me resarciré. ¿De qué se ríe?

—De nada. No me haga preguntas.

—¿Soy ridículo?

—No.

—¿Soy torpe?

—Tampoco es eso.

—¿Piensa usted en algo cómico?

Con un gesto familiar, como si salieran juntos desde siempre, la mujer le puso la mano en la rodilla; la mano estaba caliente y no la retiró enseguida.

—Creo que no se parece usted mucho a la idea que los demás tienen de usted.

—¿Qué idea tienen?

—¿No lo sabe?

—¿La de un señor aburrido?

—No diría eso.

—¿Austero?

—Sin duda.

—¿Que declara en un interrogatorio que jamás ha engañado a su mujer?

Ella había estado escuchando detrás de la puerta, porque no pestañeó. Había terminado de comer y estaba ocupada en retocarse los labios con carmín. Él ya había visto ese tipo de barra de pintalabios y le había parecido que tenía algo de sexual.

—¿Tiene usted la impresión de que se lo he dicho todo a Ryan?

A pesar de todo, se quedó un poco desconcertada.

—Supuse...—empezó a decir, frunciendo el ceño.

Ashby temió haberla inquietado, y ahora fue él quien puso la mano, no sobre su muslo, no se atrevía aún, sino sobre su antebrazo.

—Tiene usted razón. Estaba bromeando.

Ella le echó una mirada de reojo, que él recibió con una expresión tan neutra, fue tan Spencer Ashby, profesor de la Crestview School y marido de Christine, que ella soltó una carcajada.

—En fin...—suspiró la mujer, como respondiendo a sus propios pensamientos.

—¿En fin qué?

—Nada. No lo puede entender. Ahora debo irme, he de volver a casa.

—No.

—¿Cómo dice?

—Digo que no. Me ha prometido tomar una copa conmigo.

—No he prometido nada. Es usted quien...

Éste era el juego al que él justamente nunca había querido jugar y que de pronto le parecía facilísimo. Lo que importaba era reír o sonreír, decir cualquier cosa para evitar que se instalase el silencio.

—Muy bien. Ya que se lo he prometido yo, la voy a llevar. Lejos de aquí. ¿Ha estado alguna vez en el Little Cottage?

—¡Pero eso está en Hartford!

—Cerca de Hartford, sí. ¿Ha estado alguna vez?

—No.

—Pues vamos.

—Es lejos.

—Apenas media hora de coche.

—Tengo que avisar a mi madre.

—Ya le telefoneará desde allí.

Cualquiera habría dicho que tenía experiencia con ese tipo de aventuras. Le daba la impresión de estar haciendo malabares. Afuera, los copos de nieve caían más espesos y más juntos. En las aceras, había huellas de pisadas profundas en la nieve reciente.

—Suponga que se levanta una cellisca y que no podemos volver.

—Estaríamos condenados a pasar la noche bebiendo —contestó él muy serio.

El techo del coche estaba blanco. Hizo pasar a su compañera delante de él, aguantándole la puerta abierta, y sólo entonces, al tocarla con la excusa de ayudarla, se dio cuenta de que efectivamente estaba llevando a una mujer en su coche.

No había telefoneado a Christine. Seguro que ella ya había llamado a Ryan a su domicilio. ¡No! No se habría atrevido, por miedo a comprometerlo. Por lo tanto, no tenía ni idea de lo que lo retenía. Debía de levantarse cada cinco minutos para ir a mirar por la ventana, detrás de la cual los copos caían lentamente sobre un fondo de terciopelo negro.

Estuvo a punto de dejarlo correr. Era estúpido. No lo había hecho en serio. No había previsto que tendría éxito, que ella aceptaría ir con él.

Ahora estaba sentada a su lado en el coche, lo bastante cerca como para que él notase su calor, y decía con toda naturalidad, como si hubiera llegado el momento de decirlo:

—Me llaman Nina.

Se había equivocado, pues, cuando creyó que se llamaba Gaby o Bertha. Por otra parte, tampoco había mucha diferencia.

—Tú eres Spencer. He tecleado suficientes veces tu nombre como para recordarlo. Lo malo de tu nombre es que no veo la posibilidad de un diminutivo. No se puede decir Spen. ¿Cómo te llama tu mujer?

—Spencer.

—Entiendo.

¿Qué es lo que entendía? ¿Que Christine no era el tipo de mujer que emplea un diminutivo ni adopta en ciertos momentos una voz de bebé?

Ahora realmente era presa del pánico. Un pánico físico. Hasta el punto de que no tenía valor para extender el brazo y darle a la llave de contacto.

Todavía se encontraba en la ciudad, entre dos hileras de casas, con aceras y gente caminando. Familias que pasaban la tarde tras las ventanas iluminadas. Probablemente había un agente de policía en la esquina.

Ella debió de interpretar mal su titubeo. O tal vez quiso empezar a pagar por adelantado. Era una buena chica.

Con un gesto brusco, adelantó la cara, pegó sus gruesos labios a los de él y le metió en la boca una lengua caliente y húmeda.

4

La última vez que miró la hora eran las diez menos diez. Era casi imposible que Christine no hubiese telefoneado a Ryan. Sin duda le habría dicho que estaba preocupada, que él aún no había vuelto. Y Ryan seguramente habría telefoneado a su vez a la policía. A menos que lo hubiese hecho la propia Christine. Tal vez habría pedido prestado un coche para salir a buscarlo. Pero ¿adónde? En ese caso, era verosímil que le hubiera pedido el coche a su primo Weston.

Aunque lo hubiera hecho, a esta hora seguro que ya habría vuelto a casa. En Litchfield sólo había tres o cuatro bares y dos restaurantes. A nadie se le habría ocurrido preguntar en la cafetería donde había comido un perrito caliente con Anna Moeller.

No estaba borracho. En absoluto. Se había bebido seis o siete copas, ya no sabía exactamente cuántas, pero todo eso no le había hecho ningún efecto, seguía estando lúcido, pensaba en todo, tenía en mente un cuadro preciso de la situación.

Si supieran que estaba en compañía de la secretaria de Ryan, no tardarían en encontrarlo, pues Anna había telefoneado a su madre en cuanto llegaron al Little Cottage. Él no se había atrevido a seguirla a la cabina. Tampoco le había preguntado si había mencionado su nombre y el del lugar donde estaban. Valía más andarse con cuidado.

Ella había dicho algo curioso, hacía media hora. Ya estaba muy lanzada. Había bebido tanto como él. Era ella, en realidad, la que ya no quería marcharse, aunque él le propuso dos veces acompañarla a casa. Estaba mordisqueándole la oreja cuando dijo sin motivo, sin venir a cuento, como se dicen las cosas que a uno le preocupan:

—Tienes suerte de que yo trabaje con el córoner. ¡Pocas chicas se atreverían a salir contigo en este momento!

El Little Cottage no era del todo como él se lo había imaginado al leer el periódico de Danbury. Sólo hablaban del bar, sin mencionar la segunda sala que se encontraba detrás y que era la más importante. Eso mismo debía de existir en otros sitios, incluso debía de ser corriente, ya que Anna Moeller, que no había estado nunca allí, lo condujo enseguida a esta segunda estancia.

Estaba menos iluminada que la primera, sólo a través de unos pequeños orificios en el techo que imitaban estrellas y, alrededor de la pista, había unos compartimentos con un banco en semicírculo y una mesita.

El establecimiento estaba casi vacío. La gente debía de venir sobre todo los sábados y los domingos. Durante un rato, estuvieron solos. El barman no llevaba chaquetilla blanca, sino una camisa con las mangas remangadas. Era de cabellos muy morenos. Visiblemente de origen italiano.

A causa de su declaración acerca de una pareja que había venido a su establecimiento la noche de la muerte de Belle, Ashby se había imaginado que lo miraría mal, que tal vez le haría preguntas, pero no ocurrió nada de eso. Había que pensar por tanto que Anna y él se parecían a los clientes habituales. Anna seguro. Estaba a sus anchas. Bebía mucho. Entre baile y baile, pegaba a él sus carnes, hasta el punto de que Spencer tenía todo un lado dolorido, y vaciaba las dos copas, le lamía detrás de la oreja o se la mordisqueaba.

Desde donde estaban, no veían el bar, pero el barman sí podía verlos a través de una mirilla. Ashby, cada vez que oía abrirse la puerta en el salón de al lado, esperaba que fuese la policía. En un rincón del mostrador, se había fijado en una pequeña radio que se oía en sordina. El peligro también podía venir de ahí. Inevitablemente lo estarían buscando. Ahora, lo más probable es que pensaran que se había dado a la fuga, y por consiguiente que era él quien había matado a Belle.

No hacía nada para cambiar o para influir en el curso de los acontecimientos. Cuando Anna le decía el título de una canción, iba a meter dinero en el fonógrafo automático, el mismo aparato que tanto lo había hecho soñar, tan liso, con luces de colores girando alrededor.

Ella lo había obligado a bailar. Cada diez minutos, reclamaba un nuevo baile, sobre todo cuando había otra pareja en uno de los boxes. Dos de esos boxes habían estado ocupados durante aproximadamente media hora cada uno. Cuando bailaba, una de las chicas, que era muy bajita y vestía de negro, tenía la boca pegada a la de su acompañante, no la despegaba en todo el baile, parecía literalmente colgada del hombre por los labios.

¿Era eso lo que ocurría en todos los bares cuyos rótulos luminosos había mirado tantas veces al borde de las carreteras?

Bailaba, notando en la piel el olor del maquillaje y también el olor de la saliva de su compañera. Ella se restregaba contra él de una forma sabia, con unos movimientos determinados, sin ocultar que tenía un objetivo preciso y, cuando lo había alcanzado, soltaba una risa pícara.

Estaba contenta de sí misma.

¿La policía los estaba buscando realmente?

Seguro que Christine ni se imaginaba que él estaba allí con una chica en cuyas piernas rollizas se había fijado por primera vez mientras Ryan lo interrogaba en su casa. Había hecho mal trayéndola a ese bar. Por su parte, había sido una especie de broma. No creyó que ella aceptase, que se lo tomase en serio. Tras la primera copa, intentó corregir su error y se ofreció a acompañarla de vuelta.

Era demasiado tarde. Ella debía de ser siempre así. Él le había preguntado:

—¿Ha salido alguna vez con Ryan?

Ella había contestado con una carcajada que lo incomodaba:

—¿Acaso te imaginas que soy virgen?

Probablemente por el aspecto serio que tenía él en ese momento, aquello se convirtió en un juego, en un chiste.

—Contéstame francamente. ¿Creías que era virgen? ¿Todavía lo crees?

Él no había comprendido enseguida adónde quería ir a parar. Había discutido. De manera que a la pobre chica le costó su tiempo alcanzar lo que se proponía. Entonces la chica había echado inconscientemente una ojeada a la mirilla para asegurarse de que el barman no los miraba.

No era eso lo que él había soñado. No sentía ningún deseo de ella. Se había imaginado una velada distinta, con otro tipo de mujer.

¿Acaso Belle era distinta?

Por más que se empeñara, solamente la veía en el suelo, y Anna estaba lejos de sospechar lo que él pensaba.

La chica que lloraba mientras bebía, ésa de la que el barman le había hablado a la policía, también debía de ser distinta. ¿Había venido a la segunda sala? Intentaba rememorar los detalles de la declaración.

Le ardía la cara y, desde el momento en que se subió al coche con Anna, en Litchfield, sentía una opresión en el pecho. Pensó que bebiendo se le pasaría, pero el alcohol no cambió nada. Era algo nervioso. Hubiera querido frenar, como en una pendiente, y a veces ese deseo le cortaba la respiración.

Anna Moeller dirigía los acontecimientos, probablemente hacía lo que solía hacer en estos casos.

—¡Chist!—decía cada vez que él proponía marcharse—. No seas tan impaciente.

Spencer creyó comprender. En la cabeza de la chica, si él quería irse era para practicar otra clase de ejercicios, que debían desarrollarse en otro sitio, fuera del bar. Es decir, en el coche, como él siempre había supuesto.

La perspectiva lo asustaba un poco y por eso retrasaba la salida. ¿No sería tonto, sin embargo, dejarse atrapar allí sin haber llegado hasta el final?

Si Katz no hubiera vuelto ese día, habría dejado plantada a Anna. Tenía un plan. Antes de llegar a casa, habría dejado el coche junto a la carretera y se habría acercado sin hacer ruido. Había observado a los obreros. Sabía dónde estaban los cables y los aparatos de la alarma. En el primer piso, había una ventana con el vidrio esmerilado, la ventana de un cuarto de baño, que nunca estaba cerrada del todo y en la que no habían estado trabajando. En cuanto a la escalera de mano, tenía una en su propio garaje.

Al entrar en el dormitorio de puntillas, habría susurrado con toda la ternura del mundo en la voz:

—No tenga miedo…

Y Sheila, dormida, lo habría reconocido. No se habría asustado. Habría balbuceado:

—¿Es usted?

Porque, en la historia que él se contaba, ella no se sorprendía, lo esperaba, segura de que un día vendría y, sin encender la luz, le abría sus brazos calientes y los dos se sumergían en un abrazo profundo como un abismo; era tan extraordinario, tan emocionante, que por ello merecía la pena morir.

—¿En qué piensas?

—En nada.

—¿Todavía estás tan impaciente?

Y, en vista de que él buscaba una respuesta, dijo:

—Apuesto a que estás asustado.

De nuevo se apoyaba en él con todo su peso y jugaba con su corbata.

—¿Es verdad lo que le has dicho a Ryan?

¿Por qué la historia de Sheila terminaba con la imagen de Belle en el suelo de su habitación? No era la primera vez que se la contaba. Era como si no pudiera imaginarse la posibilidad de otro final. Ya no habría sido un paroxismo.

Con el ceño fruncido, estaba buscando en su memoria las palabras de Lorraine: «Lo que ellos llaman amor es una necesidad de ensuciar, nada más…».

Quizá fuera verdad, también con Sheila. En el desarrollo de los acontecimientos imaginarios, había un pequeño hecho que habría podido corroborar esa idea. «Y créeme—había añadido la madre de Belle—, es como si eso los purgase de sus pecados y los hiciera más limpios».

¿Eran sus pecados lo que Anna le lamía en la cara, lo que le sorbía en la boca? Actuaba de la misma forma con todos los hombres que la invitaban a salir. Tenía muchas ganas de mostrarse amable y de hacerlo feliz.

—Otro baile más. No te importa, ¿verdad?

Él ya no sabía si la prisa por marcharse era por lo que ella imaginaba o por terminar cuanto antes aquella velada. Ambas cosas, sin duda. Por muy claras que fueran sus ideas, más nítidas que las que uno tiene normalmente, el alcohol no dejaba de haber producido cierto desfase.

—¿Has visto?

—No, ¿qué?

—Esos dos, a la izquierda.

Un chico y una chica estaban sentados al lado, y él rodeaba con el brazo los hombros de su compañera, que apoyaba la cabeza en él, y los dos permanecían inmóviles, sin decir nada, con los ojos abiertos, con una expresión de calma y de embeleso en la cara.

Él no había estado nunca así, y sin duda no lo estaría jamás. Con Sheila tal vez habría podido, pero habría sido necesario que, al día siguiente, no volviera a ser una mujer como las demás. ¿Sabía ya que nunca volvería a su casa? No se lo planteaba. Cuando pagó al barman, sin embargo, y se fijó en que llevaba en el brazo un tatuaje que representaba a una sirena, le llegó como una bocanada de la autopista con tres carriles de coches en cada sentido y la nostalgia de las siluetas que, de tarde en tarde, extienden el brazo en la oscuridad.

Antes de atravesar el bar, ella le limpió el carmín de la boca; una vez fuera, se colgó con naturalidad de su brazo para cruzar el espacio iluminado al otro lado del cual estaban aparcados los coches.

La nieve se había vuelto lo bastante espesa como para que los pasos ya no dejasen una marca negra. El coche estaba totalmente cubierto. Cuando abrió la portezuela helada, sus dedos temblaban de nerviosismo.

¿No era así como tenía que pasar? Anna no estaba sorprendida. Él recordaba las caras lívidas vislumbradas por la noche en la parte trasera de los coches, y Anna subió precisamente a la parte de atrás.

—Espera. Deja que primero me arregle…

Él tenía ganas, puesto que había hecho todo lo que había hecho. Y mil veces, en el transcurso de su existencia, había deseado un minuto como éste. No necesariamente una Anna, pero ¿qué diferencia había?

«Es una necesidad de ensuciar…», había dicho Lorraine. Entonces todo era perfecto, pues Anna, por su parte, ponía una especie de frenesí en ensuciarse. «Como si eso los purgase de sus pecados...».

Lo quería. Tenía que pasar. Era demasiado tarde para echarse atrás. En cualquier momento, podía detenerse un coche de la policía al lado del suyo y, de todas formas, ahora ya estarían persuadidos de que era culpable.

Un segundo, un solo segundo, se preguntó si todo aquello no sería una trampa, si Anna no estaría compinchada con Ryan y con el psiquiatra, si no se había puesto adrede en su camino para saber cómo reaccionaría. Tal vez en el último momento...

Pero no. Ahora, ella lo necesitaba más que él. Estaba estupefacto al verla torturada por unos demonios que él jamás había sospechado y al oírla implorar con unas palabras que creía imposibles, con unos gestos que lo paralizaban.

Aquello tenía que producirse a toda costa. Él lo quería. Sólo hacía falta que ella le diera tiempo para acostumbrarse. No era culpa suya. Había bebido mucho. Ella no habría debido pronunciar ciertas palabras.

Si ella se callara, si dejara de moverse, si le permitiese recuperar el hilo de su sueño con Sheila...

—Espera, espera...—le murmuraba él sin saber que hablaba.

Y entonces, mientras él se agitaba, tal vez grotesco, con lágrimas de impotencia en los ojos, ella se echó a reír, con una carcajada cruel y ronca que le subía del vientre.

Lo rechazaba. Lo despreciaba. Lo...

Debía de ser tan fuerte como él, pero por su posición en el fondo del coche era incapaz de hacer ningún movimiento para soltarse.

Tenía el cuello grueso, musculoso, nada parecido al cuello de Sheila. Él tenía prisa por acabar. Sufría tanto como ella. Cuando ella se ablandó por fin, se produjo en él un fenómeno que no esperaba, que lo sorprendió, lo incomodó y lo hizo pensar sonrojándose en las palabras de Lorraine: «Una necesidad de ensuciar...».

Volviéndose hacia el barman, dijo:

—Un whisky con soda.

Y entró inmediatamente en la cabina telefónica. Esperaba que el barman lo mirase con curiosidad, pero no pareció fijarse en él, tal vez porque estaba conversando animadamente con otro italiano que llevaba un sombrero beige y que debía de ser el dueño del Cadillac aparcado delante de la puerta.

Los veía a través del cristal de la cabina, y también a otro cliente, un pelirrojo alto de cabello ralo y sedoso que miraba su vaso como si le contase sus pensamientos.

—Con el puesto de policía de Sharon, por favor, señorita.

—¿No prefiere el de Hartford?

Él insistió.

—No, es un asunto personal.

Tardó un rato. Oía a las telefonistas que charlaban de una centralita a la otra.

—¡Oiga! ¿Es el puesto de Sharon? ¿Podría hablar con el teniente Averell?

Temía que le respondieran:

—¿De parte de quién?

No podía dar su nombre sin que avisaran por radio al coche de policía más cercano y éste viniese a buscarlo. Eso le daba mucho miedo. Habría podido huir si hubiera querido. Lo había pensado, pero sin convicción. Sobre todo porque habría tenido que pararse en algún sitio para deshacerse del cuerpo.

¿Para qué? ¿Para hacer qué?

¡Así era mucho más sencillo! Ellos tendrían la impresión de que ganaban la partida. Estarían contentos. Podrían cantar sus himnos.

—El teniente no está de servicio esta noche. ¿Hay algún mensaje que quiera transmitirle?

—Gracias. Es un asunto personal. Lo llamaré a su casa.

¿Qué hora era? No se había llevado reloj. Desde donde estaba, no veía el reloj del bar. ¡Con tal de que Averell no hubiera ido a la segunda sesión del cine!

Encontró su número en la guía, y sintió alivio al oír su voz.

—Spencer Ashby al habla—dijo entonces. Eso creó como un vacío. Tragó saliva y continuó—: Estoy en el Little Cottage, cerca de Hartford. Me gustaría que fuera usted quien viniera personalmente a buscarme.

Averell no le preguntó por qué. ¿Estaba equivocándose como los demás? La pregunta que hizo sorprendió a Spencer:

—¿Está usted solo?

—Ahora sí.

Colgaron. Habría preferido esperar en la cabina, pero no podía eternizarse allí sin llamar la atención. ¿Por qué no telefonear a Christine para despedirse? Ella había hecho lo que había podido. No era culpa suya. Debía de estar mirando el teléfono. Tal vez, como ya había sucedido otras veces, había sonado y ella había esperado en vano que hablasen, oyendo sólo una respiración en algún lugar del espacio.

No la llamó. Cuando se acercó a la barra y se sentó en el taburete, los dos hombres seguían hablando en italiano. Bebió de un trago la mitad del vaso, miró fijamente al frente y, entre las botellas, vio su cara en el espejo, casi toda manchada de carmín. Se puso a limpiarlo con el pañuelo en el cual escupía antes de frotarse la piel, y el olor era como cuando era niño.

El borracho pelirrojo lo miraba boquiabierto, y no pudo evitar espetarle:

—¿Lo has pasado bien con las gachís, hermano?

Tenía tanto miedo de llamar la atención antes de que llegase el teniente que sonrió con timidez. El barman se había vuelto hacia él. Casi se habría podido seguir en su cara de boxeador el lento trabajo que estaba efectuándose en su mente. Primero, no estuvo del todo seguro de su memoria. Luego miró por la mirilla. Suspicaz, fue a echar un vistazo a la segunda sala.

Al volver, le dijo unas palabras a su compañero, que seguía con el sombrero puesto, un abrigo de piel de camello y una bufanda.

Ashby, que empezaba a sentir el peligro, apuró el vaso y pidió otro. No estaba seguro de que se lo sirvieran. El barman esperaba que volviera su compañero, a quien había enviado fuera.

Averell todavía tardaría diez minutos largos, aunque viniese con la sirena encendida. Al otro lado de la pared debían de quedar dos parejas.

Fingía beber del vaso vacío, y sus dientes castañeteaban. El barman, sin dejar de mirarlo, parecía prepararse. Su tatuaje se dibujaba con todos sus detalles. Tenía los brazos velludos, la mandíbula prominente, la nariz rota.

No oyó abrirse la puerta, pero notó el aire helado en la espalda. No se atrevió a darse la vuelta mientras la voz del hombre del abrigo de pelo de camello hablaba en su lengua con desparpajo.

Es lo que se temía. Por mucho que hiciera, Averell llegaría demasiado tarde. Hubiera sido preferible que Ashby telefonease a cualquier puesto de policía o fuera él mismo en su coche.

El barman salía del mostrador dando un rodeo, tomándose su tiempo, pero no fue él quien golpeó primero, sino el pelirrojo, tras haber estado a punto de caer al suelo al bajar del taburete. A cada golpe, se echaba atrás y tomaba impulso.

—Yo mismo he llamado a la policía…—intentó decirles.

No le creían. Nadie le creería ya. Salvo una persona que no conocería jamás: el hombre que había matado a Belle.

Pegaban duro. Su cabeza resonaba, se balanceaba de derecha a izquierda como un muñeco de feria, y los de la sala de atrás acudieron en ayuda de éstos, mientras las chicas se mantenían a distancia como espectadoras. Había uno que también tenía carmín en la cara y fue éste, bajito y macizo, el que le dio una patada en las partes gritando:

—¡Chúpate esa!

Cuando el teniente Averell, precedido por un ulular de sirena, abrió la puerta, flanqueado por dos policías de uniforme, hacía rato que Spencer Ashby estaba en el suelo, al pie de un taburete, desmayado cuando menos, con hielo picado a su alrededor y sangre brotándole de los labios.

Tal vez por ese reguero rojo que le alargaba la boca se habría dicho que sonreía.

Shadow Rock Farm
Lakeville, Connecticut
14 de diciembre de 1951

ESTA EDICIÓN, PRIMERA,
DE «LA MUERTE DE BELLE», DE GEORGES
SIMENON, SE TERMINÓ DE IMPRIMIR EN
SANT LLORENÇ D'HORTONS EN
EL MES DE JUNIO
DEL AÑO
2022

GEORGES SIMENON
El fondo de la botella
ANAGRAMA & ACANTILADO

Patrick Martin Ashbridge, un abogado que se ha ganado la confianza de la clase acomodada de Tumacacori, en la frontera de Estados Unidos con México, recibe la inesperada visita de su hermano menor Donald, prófugo que cumplía condena por un intento de asesinato, hombre débil, irresponsable y, sin embargo, dotado de un extraño poder de persuasión. La llegada del fugitivo, que confía en cruzar la frontera aprovechando la crecida del río Bravo con las inmisericordes tempestades de la estación de lluvias, alterará la tranquilidad de la pequeña comunidad de rancheros y enfrentará a los dos hermanos, que se debatirán entre el amor y el odio, el rencor y la culpa. En este paisaje tan inexorable como el destino, cuya realidad social e histórica sigue invariable, Simenon urde uno de sus más notables *romans durs*, el primero de su etapa americana, donde recrea una compleja trama familiar de resonancias bíblicas, freudianas y, por qué no, autobiográficas.

GEORGES SIMENON
Tres habitaciones en Manhattan
ANAGRAMA & ACANTILADO

Cuando se conocen por azar una noche en un bar de Manhattan, Kay y Frank son dos almas a la deriva. Él, un actor que roza la cincuentena y al que ya le quedan lejos los días de gloria, intenta olvidar a su mujer, que lo ha abandonado por un hombre más joven. Ella, que acaba de perder la habitación que compartía con una amiga, no tiene donde pasar la noche... ¿Bastará la inmediata atracción mutua para hacerles olvidar las heridas de la vida? Celoso del pasado de Kay, temiendo perderla, tan inseguro de ella como de sí mismo, Frank estará a punto de malograr la nueva oportunidad que el amor parece brindarle. En *Tres habitaciones en Manhattan*, Simenon se adentra en el corazón de la gran ciudad tras la pista de estos dos vagabundos que se aferran, ajenos al espacio y al tiempo, a un *amour fou*.